Winter Woods

윈 터 우 즈

7

COSMOS 글 | 반지 그림

CONTENTS

Winter Woods

Part 46

/

영원히…

힐끔-

끙…

빤히~

따가움

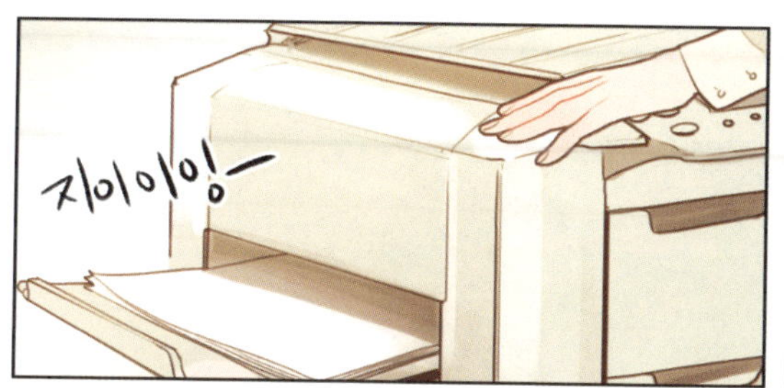

지이이잉—

힐끔~

아오…
심장아…
저 딸빵한
표정이 왜이렇게
좋지….

결재좀…

깜!!

아주 지극정성이네, 지극정성이야. 제인 씨 얼굴에 구멍이 뚫리다 못해 그냥 사라지겠어.
호오~
오늘따라 유독 더 심하네요, 하하.

탁

윈터, 네 눈빛에 부담스러워서 일을 못 하겠다.
그림 안 그려?

이렇게 봐줘서 나쁠 건 없잖아요.
해 맑~
오늘은 계속 제인을 보고 싶어요.

언제는
안 본 것처럼
얘기하네.
이러다
내 얼굴이
지겨워지는 건
아닌가 몰라.
이제
그만 봐!

그럴 리 없어요.
제인은
언제 봐도
새로워요.

사아아ー

쐇
쐇
쐇!!
??

……

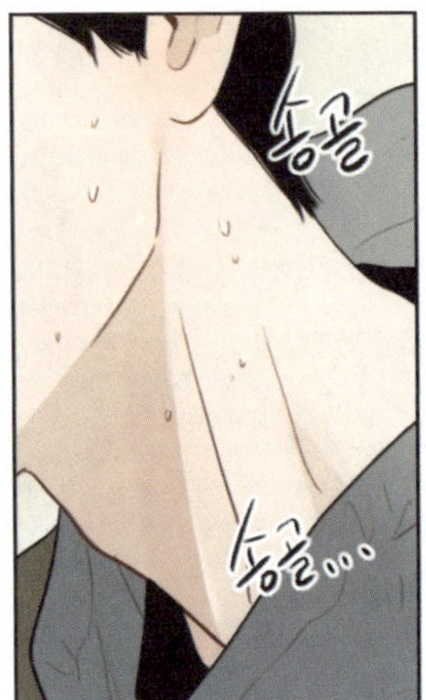
송골
송골…

내일
봅시다.
네,
내일 봬요.

내가 오늘 하루 종일
너 때문에 창피해
죽는 줄 알았잖아!
앙
칼
도팍
다른 직원들 있는데
막 부끄러운… 어?!
막 하고, 어?!

제인은 싫어요?
그런 거예요?
하루 종일 나만
쳐다보는 건 좀
민망하잖아.
그림도
안 그리고!

아까 편집장님이
웃으며 말씀하시긴
했지만 눈치 주는 것일
수도 있고….
오직 나만 보는
네 모습, 진짜
이상한 거 알아?
아니 뭐, 네가
이상하다기보다는
남들이 볼 때 말이야.

제인,
저 어떡하면
좋아요?

응?
뭐가?

아무리 생각해도
제인이 점점 더
좋아져요.

이렇게
보고 있어도 계속
보고 싶고,

이렇게
만지고 있으면
더 가까이
닿고 싶고.

어흥흥흥흥~
콩깍지가 아주
제대로 씌었구나.

영원히
안 벗겨졌으면
좋겠다.

콩

역시
아무리 생각해봐도
전 제인이 없으면
안 될 것 같아요.

죽어도 좋으니까
제인이랑 같이
있고 싶어요.
우리는 평생
붙어 있을 거니까,
걱정하지 마.

평생….

오, 오해하지 마라?
이건 뭐, 그러니까,
아직 프, 프러포즈
같은 건 아냐!
그냥 단순히
오랜 시간 동안,
아주 오래오래
같이 있자는….

……

너, 오늘 좀 이상해.
제인과 평생 함께할 생각에 너무 좋아서 그래요.

아무리 좋아도 그렇지, 이 키스… 평소완 다른데?

윈터. 조금만 천천히….
산책하다 들어갈래?

끄덕

살싹
래리!
언제까지 잘 거야?
벌써 저녁이야.

자기는
지금 이 상황에
잠이 오니?
알겠어.
일어날게.
그리고
웬 술을 그렇게
많이 마셨어!

나도 답답한
마음에 술 한잔했지
뭐.
어젯밤에
윈터가 왔었어.
윈터가? 왜?
어디 아프대?

윈터 상태가 많이 안 좋아.
몸이 안 좋으니 불안한지
굉장히 예민하더라고.
그리고 클라우드와
무슨 얘기를 했던 것 같은데,
그게 무엇인지 당최
알 수가 있어야지.
혹시 어제 만나서
들은 거 없어?

그 살인마 놈이
무슨 짓을 꾸미는 것
같은데, 그걸 알 길이
있어야지.

톡 톡 。。。
톡 톡 톡 。。。

…로이?

철컥
쿵—

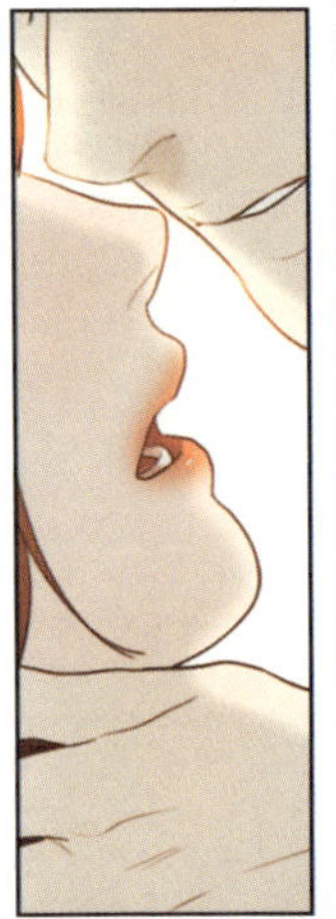

위, 윈터,
잠깐.
여기서 이럴 게
아니라….
제인.

제이ㅇ

당신의
뺨에도,
목에도,
어깨에도,
톡

아니,
당신의 온몸에
키스하고 싶어요.
제가 지금
이상한 건가요?

…이상한 거
아냐.
당연한 거야.

제인, 너무
어두운데 불을—
아니,
괜찮아.

제인.

아무것도
들리지 않아요.
그 어떤 것도
생각나지 않아요.

그저 제인이
너무 좋아서,
함께 있는
이 시간이 너무
소중해서.

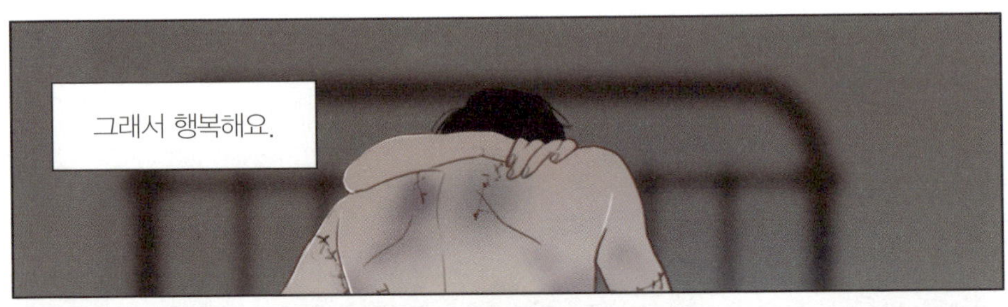

그래서 행복해요.

제인―.

응?

원래 이렇게
뜨거운 거예요?

왜?
어떤데?

뜨거우면서도
따뜻하고,

포근하면서도
보드랍고….

이루 말할 수 없을 만큼….
그냥 너무 좋아요.

윈터, 왜 울어.

예전에 처음으로 꿈꿨던 그때처럼 벅차서 그러는 거야?
계속 이렇게 있고 싶어요.

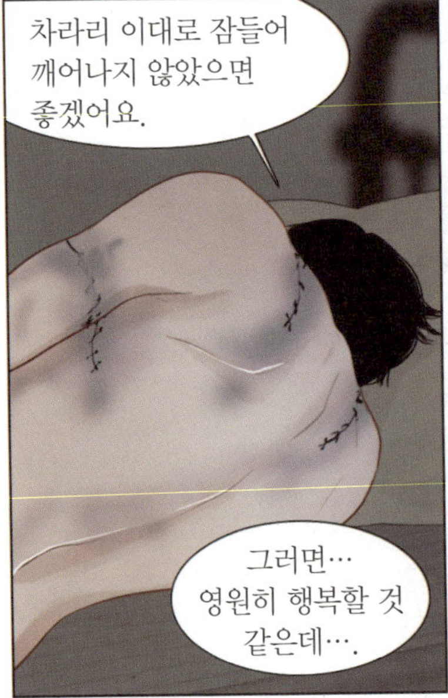

차라리 이대로 잠들어 깨어나지 않았으면 좋겠어요.
그러면… 영원히 행복할 것 같은데….

깨어나지 않으면 무슨 소용이야.
두 눈 똑바로 뜨고 서로를 바라봐야지.
안 그래?

……

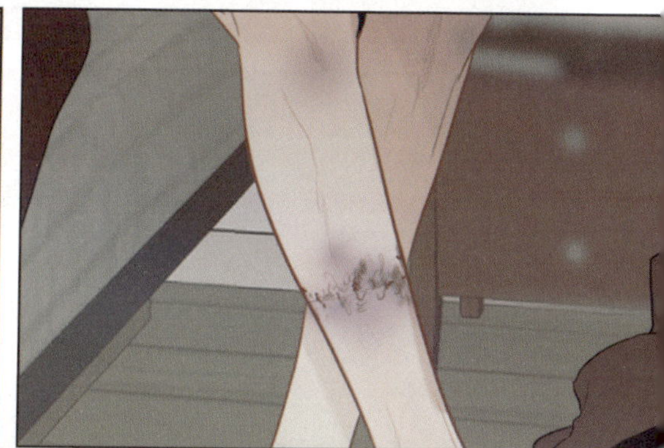

똑
똑똑

철컥

결정했어?

……

들어와.

아뇨.
그냥 여기서 말하고 바로 갈게요.

그래서,
네 답은?
전 클라우드 당신의 도움을 받고 싶지 않아요.

아무리 생각해도 당신이 제시한 그 제안들, 모두 원치 않아요.
…하지만 굳이 정해야 한다면 이곳에 머무르고 싶어요.

지금
네 몸 상태를
보고도?

전 제인이 없으면
살 수 없어요.

그렇다면 여기를 떠나도
이곳에 머물러도 똑같이
죽을지도 모른다는 건데,

어차피 그럴 거면
제인과 함께 있는 걸
택하고 싶어요.

좋아.
일단 알겠어.

단,

내가 나중에
한 번 더 너에게
물어볼 거야.

그때도
지금 이 대답과
같길 바랄게.

탁

로이…?

그러고 보니…
계속 집에
없었던 것 같…
로이!
두리번
두리번
로이!

로이…!

어디 가?

어디 갔다 오는 거예요?
그냥 바람 좀 쐴 겸 나갔다가… 잠들었어.

잠이 들었다고요?
다음부턴 말없이 어디 가지 마세요. 위험해요.
로이가 없어진 줄 알고 얼마나 놀랐는지 알아요? 순간 잘못된 줄 알고….

윈터.

너 오늘 하루 동안 뭐 할 거야?
네? 아, 어… 여기 있다가….

로이….
지금 제 이름을….

오늘 하루만 나랑 있어줘.
하고 싶은 게 있거든.

…알겠어요. 로이가 하고 싶은 거, 같이 해요.
응, 그래.

그래서, 오늘은 둘이 같이 있겠다고?

어, 그러니까 얘는 오늘 너희 회사로 안 갈 거야.
둘이서만 뭘 하려고 그러시나~?
그래, 그럼.
음파파~~

아!
둘이 뭘 할진 모르겠지만, 사고는 치지 마라잉?
너무 멀리 가지도 말고, 혹여 낌새가 이상한 사람들이 있으면 바로 집으로 달려오고, 알았지?

내가 한두 살 먹은 애냐.
애보다 심하면 심했지, 덜하진 않을 것 같은데.
아무튼, 그럼 오늘 둘이 재밌게 놀아.

제인.

응? 왜?!

…그냥.

뭐야~?
싱겁게.

참, 저녁에 우리
맛있는 거 먹자.

내가 너 좋아하는
아몬드 좋은 걸로 사 올게!
오늘 기분이 좋아서
쏜다~.

달깍

일단 우리도
나가자.

Winter
Woods

Part 47

/

안녕

시끌
시끌

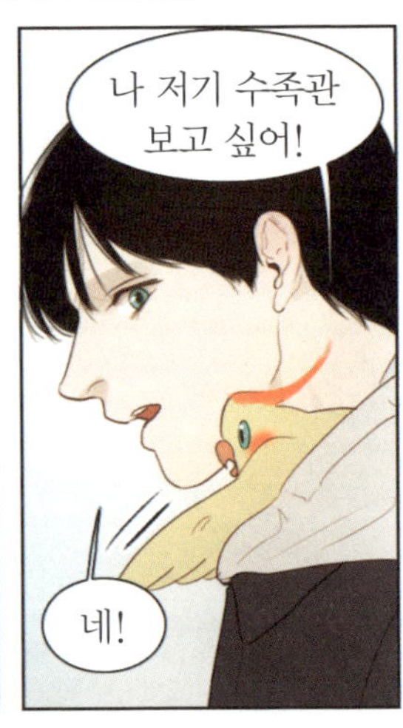
나 저기 수족관 보고 싶어!
네!

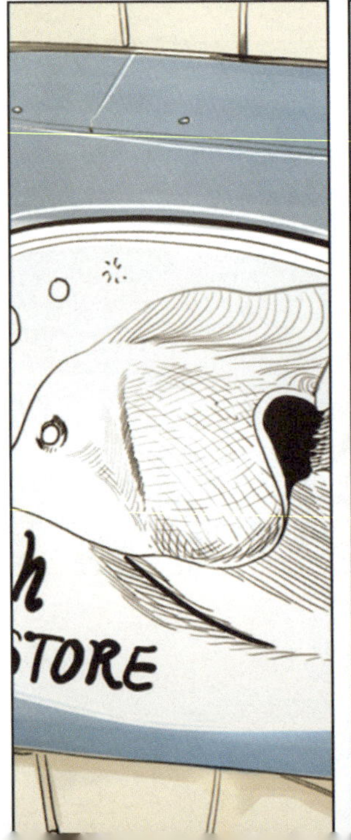
h
STORE

이야~
윈터, 저 물고기 봐봐.
진짜 제인같이 생겼다.
아니에요! 제인이 더 예뻐요!

우리
저기도 가보자.
노래 부르나 봐.
네!
ㄲㅏ ㄲ
ㄲ

고례 고례
강정
폭발
쟝쟝쟝ㅡ

야 야,
내가 쟤보단
잘 부르겠다.
ㅇㅇㅇ
클라우드보다
더 심한 거 같…

어어…
푸하하하ㅡ

로이, 또 하고
싶은 거 있어요?

나
저거 사줘.

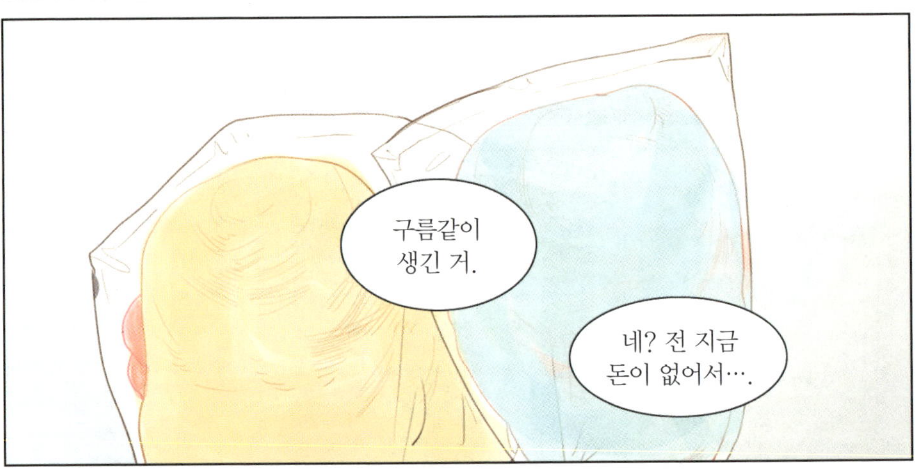

구름같이
생긴 거.
네? 전 지금
돈이 없어서….

저번에 그림 그려서
번 돈으로 사주면 안 돼?
하지만 이건
제인이 나중에
진짜 진짜 의미 있는 곳에
쓰라고 했어요.

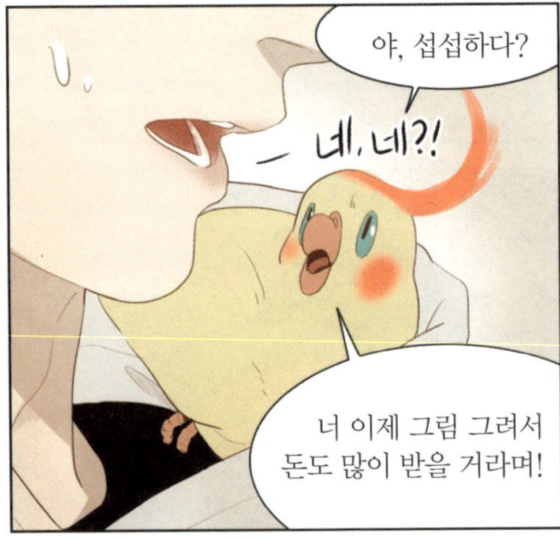

야, 섭섭하다?
네, 네?!
너 이제 그림 그려서
돈도 많이 받을 거라며!

저 구름 같은 게
얼마나
한다고!!!

그게 아니라 나중에
더 좋은 걸 사주고
싶어서 그러죠.
로이에게도,
제인에게도.

승
질
난 네게
그 정도 의미도
없나 보다?!

아니, 난 지금
저 구름이 너무
먹어보고 싶어!
그게 내가 정말로
가지고 싶은 거야.
그래도
안 사줄 거야?

…알겠어요.
사줄게요.
돈 보관하는
방법이 아주
정성 가득이네.
제인과 로이를 위해서
쓸 돈이니까 소중하죠.

윈터, 네가
원하는 건 없어?

그게 제가
원하는 거예요.
로이하고 제인에게
선물을 주는 거.

파악~

입에서 그냥 사라져요.
완전 달콤하니 맛있는데?

로이, 그거 알아요?

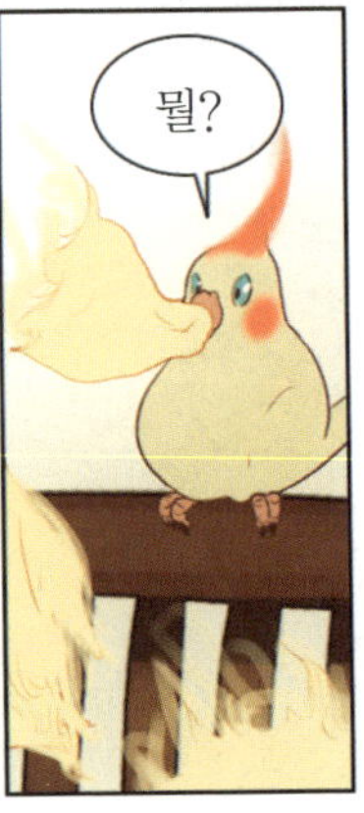

뭘?

로이가 제 이름을 불러준 게 오늘이 처음이라는 거.
……

그냥,
이제 사람답게
이름을 불러줘야
할 것 같아서.

다음에는
제인하고
같이—
…윈터.
네?

많이
아프지?

기분이
너무 좋아요.
그러고 보니 로이랑
이렇게 단둘이 나온 거
정말 오랜만인 것 같아요.
어제 봤어.

괴롭고
힘들 거야.

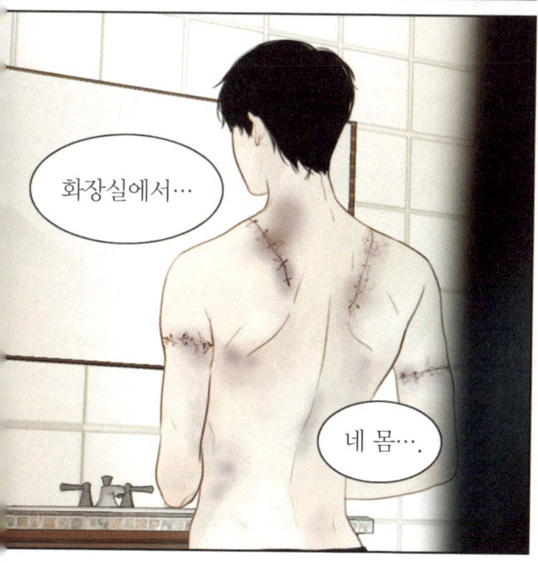
화장실에서…
네 몸….

그건—

자꾸 괜찮은 척 거짓말하지 마.
나 고민 많이 했어.
억지로라도 널 데리고 떠나야 하나, 하고.

생각해보면 넌 주인님이 돌아가신 후에도,

연구소에 끌려가 수많은 실험을 당할 때도 아무런 변화가 없었잖아.

하지만 네가 제인과 지내는 짧은 기간 동안에는 감정도 몸도, 너무나 많은 게 변해버렸지.
그래서 난 제인을 떠나면 네 몸도 예전처럼 돌아올지도 모른다는 생각이 들더라고.

그래도 혹시나 해서 어젯밤에 스미스에게도 갔었어.
네 몸 상태에 대해 물어보려고.
그런데 역시나 내 예상이 맞더라.

넌 지금
시간의 흐름에
부딪쳐 있는 거야.

…그래서
로이는,
아니, 로이도.

지금 제게
떠나자는 말을
하려는 건가요?

들자 하니
조에에게 어떤
제안을 받았다며?

그런데 네가
아무 말 없이 여기에
계속 있다는 건 뭔가
결심을 했기 때문일 거야,
그렇지?

억지로
떠나자고 해도
안 갈 거고.
맞아요.
전 결심했어요.
제인과
함께 있기로.

네 결정이 그렇다면
말리지 않을 거야.

넌 윈터니까.

......!

제 뜻을
존중해줘서
고마워요.
로이.

그래.
저 웃음도
제인 덕분에
생겨난 것이지.
......

오늘 하루도
이렇게 가는구나.
시간이 너무 빨라.
맞아요.
예전엔 한없이 길기만
한 게 하루였는데,
요즘은 너무 빨라요.
이제 제인 올 시간이네.
그만 집으로 돌아갈까?

로이, 잠시 저 화장실 좀 다녀올게요.
...응.

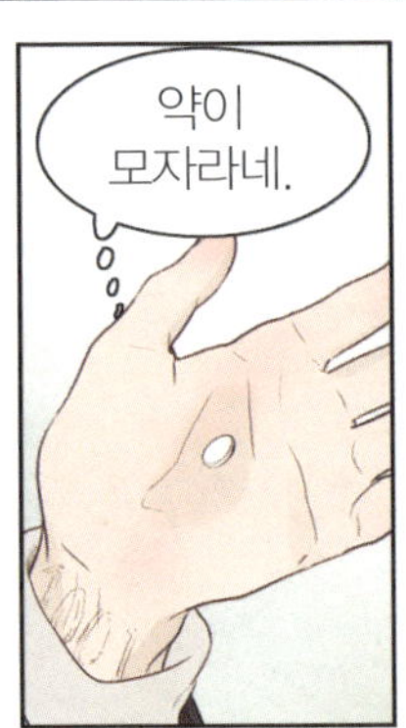
약이 모자라네.

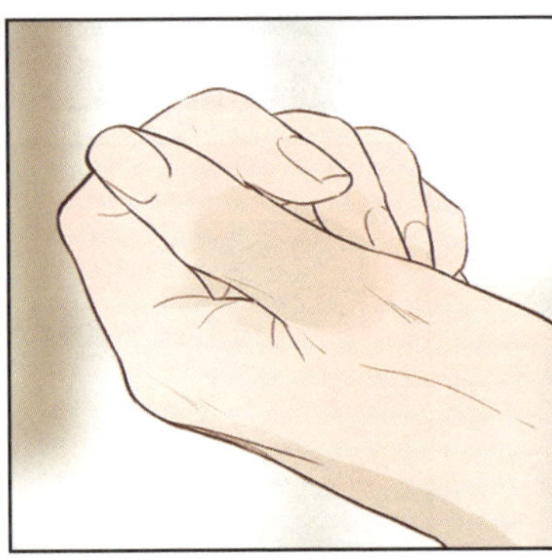

달칵

로이….

창문 열어놓고
뭐 해요?
바람이 차요.
……

로이….

설마….

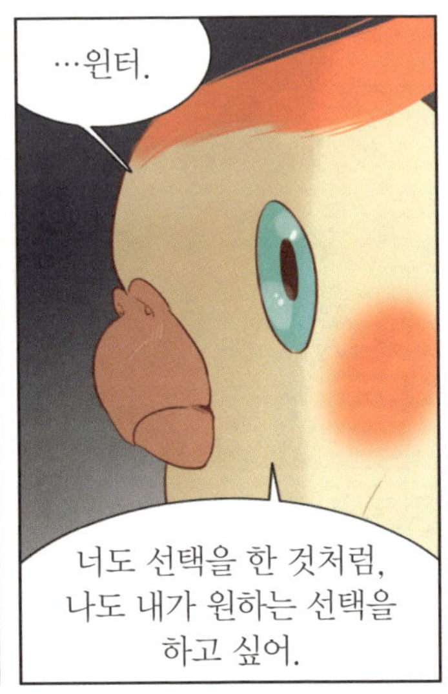
…윈터.
너도 선택을 한 것처럼,
나도 내가 원하는 선택을
하고 싶어.

그게 무슨…?

예전엔 그저
내 태엽을 감아줄
사람이 곁에 없을까 봐
불안했거든?
근데 신기하게도
지금은 그렇게
불안하지 않아.
대신….

네가 힘들어하는
모습을 볼 생각에
너무 두려운 거 있지.

로이,
그런 걱정은
하지 말아요.
전 괜찮아요.

전 잘 참을 수 있고,
이렇게 웃을 수도 있어요.

그러니까
이리로 오세요.

……

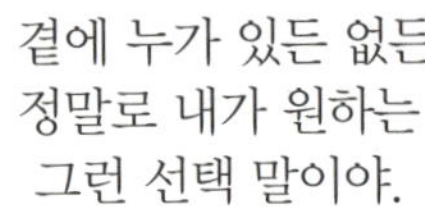

윈터, 나도 이제 온전히 선택에 집중하고 싶어.
곁에 누가 있든 없든 정말로 내가 원하는 그런 선택 말이야.

싫어요!
로이의 선택이 무엇이든 당신은 무조건 여기서 저와 있어야 해요.

여기 살면서 따뜻함도 느껴보고,
보살핌도 받아보고,
미완성도 아름다울 수 있다는 것도 알게 됐고….

제인에겐 말 못 하고 떠나지만 정말로 고마웠다고 전해줘.

그런 말은 로이가 직접 해요. 전 하지 않을 거예요.
그러니까 일단 여기 있어요.

……

이러는 게
어디 있어요!
분명 우리 셋이서
같이 지내기로
했잖아요!

봄이 오면
놀러도 가고,
돈을 벌면 그걸로
먹고 싶은 것도
원 없이 먹고…!

가족처럼
지내기로 했잖아요!

마지막까지
네게 모질게 구는 거
용서해줘.
정말…
정말…!
미안해.

하지만 나,
네가 아파하는 모습은
정말로 못 보겠어.
네 마지막을 보며
헤어지기는
죽기보다도 싫어.

로이,
가지 말아요.
제발
가지 말아요.
전 로이가
없으면 안 돼요.

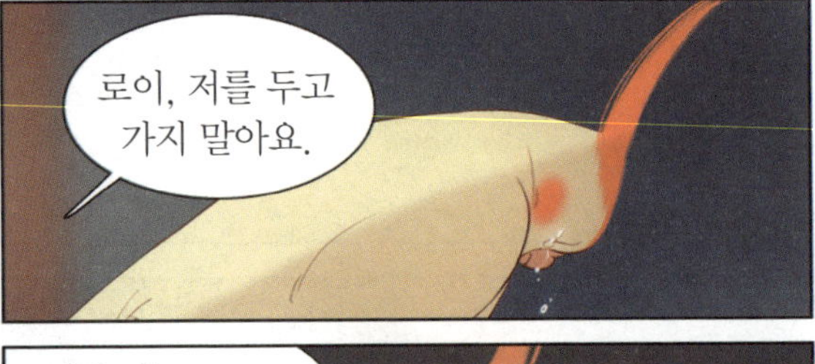

로이, 저를 두고
가지 말아요.

네 눈엔
내가 이기적으로
보이겠지.
알아, 아는데…
처음이자 마지막으로
내가, 미완성이 아닌 나,
로이 자체로서
정한 선택이라 생각하고
보내주지 않을래?

그러니까…

우리 안녕 하자.

자, 잠깐만요,
로이!!

그, 그럼
태엽이라도 다시….

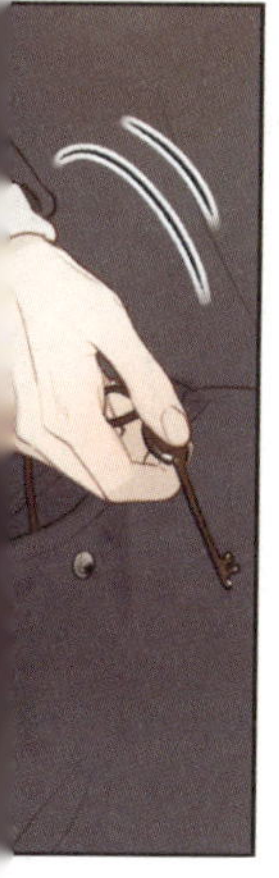

뚝—

로이….

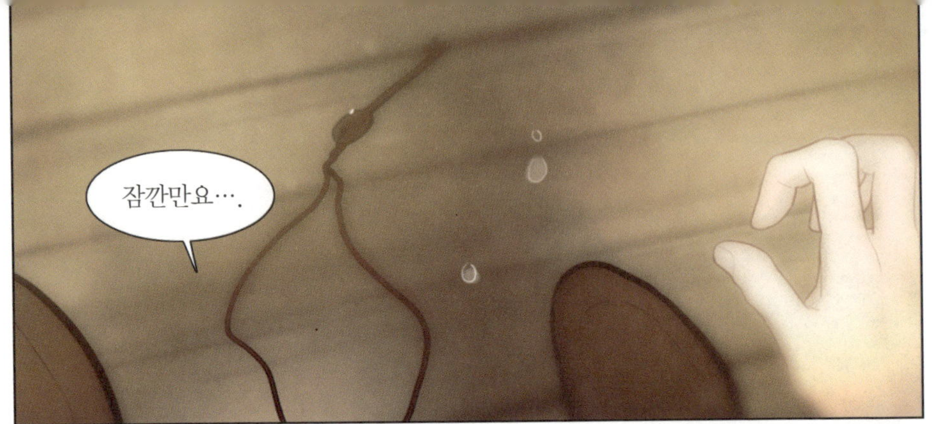

잠깐만요….

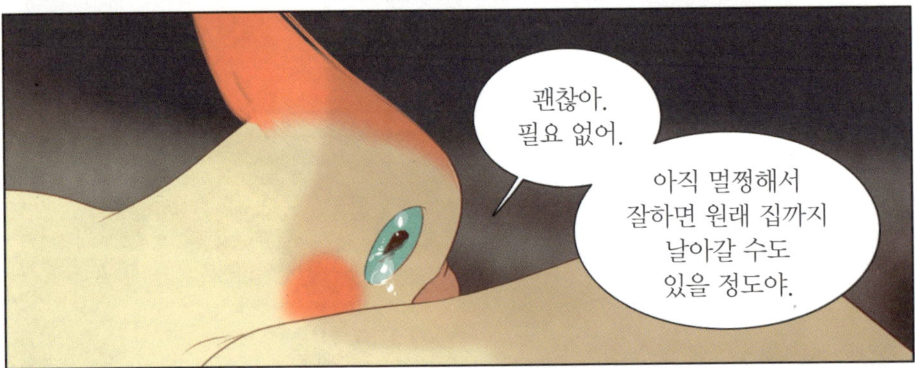

괜찮아.
필요 없어.
아직 멀쩡해서
잘하면 원래 집까지
날아갈 수도
있을 정도야.

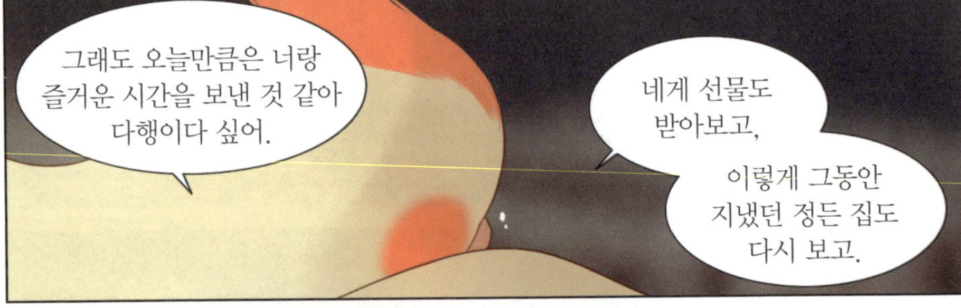

그래도 오늘만큼은 너랑
즐거운 시간을 보낸 것 같아
다행이다 싶어.
네게 선물도
받아보고,
이렇게 그동안
지냈던 정든 집도
다시 보고.

로이!!

윈터.
부디 너와 제인이
행복하길 바랄게.

나중에 건강한
모습으로 보자.

주인님의 집에서
기다리고 있을게.

로이!!!

로이…!!
털썩!

로이,
떠나지 말아요!
돌아와요….

돌아와요…!

이러고 가는 게
어딨어요…!
로이가 없으면
다 소용없어지는데…!

셋이서
같이 있기로
해놓고선….

겁나 구려. 후져. 찌질한 이름이야. 그게 이름이냐? 개돼지도 그런 이름 더러워서 싫다고 하겠다.

저 콧구멍! 코딱지는 없나?
로이, 제인이 저대로 일어나지 않으면 어쩌죠? 주인님처럼 말이에요.

크큭큭큭큭큭큭큭 하학카카칵하학칵칵칵

JANE

쿄똑쥐이이이이이이이!!

제~일 싼 거?
나 아니면 옛이야기가
중구난방일 텐데~.

근데 이런 싼 대접이나
받아야 한다니~.
내 신세가 코딱지네,
코딱지야~.

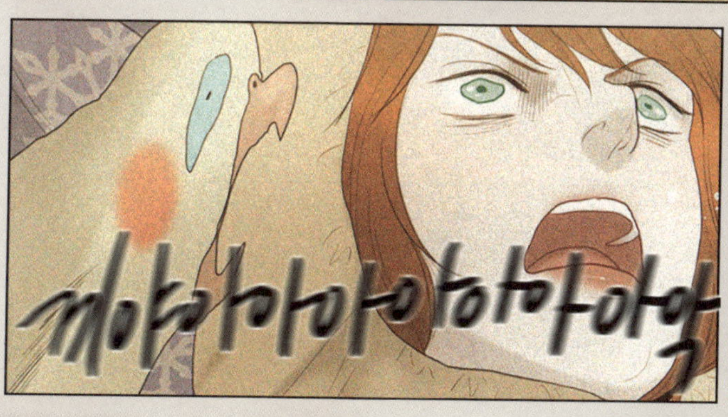
꼐야아아아아아아아아악

완성되지 않았기
때문에 무한한 것들을
담을 수 있는 게
바로 미완성이야.

와~~~~~오!
두
둥!

…이런 순간까지
난 비참해.

와 락 ♡
네가 그 웨인 작가님과 작업을 하게 되다니!

와그작
와그작
차라리 똥을 그리는 게 낫지.

주 정 뱅 이 Style

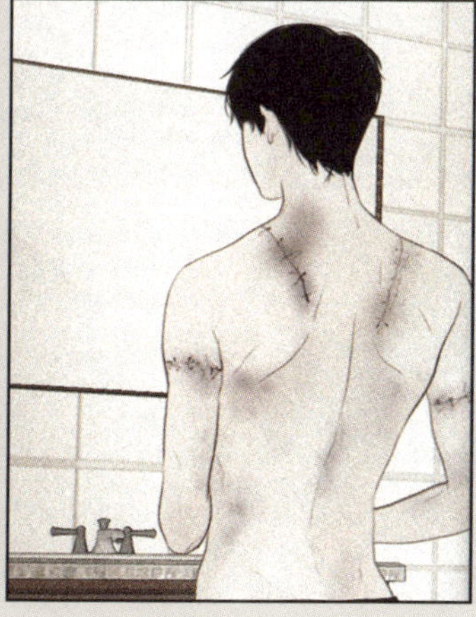

아무 불안 없이
행복할 날이
우리에게도 올까.

그럼요!
그런 날이
꼭 올 거예요.

끼릭

끼릭
끼릭

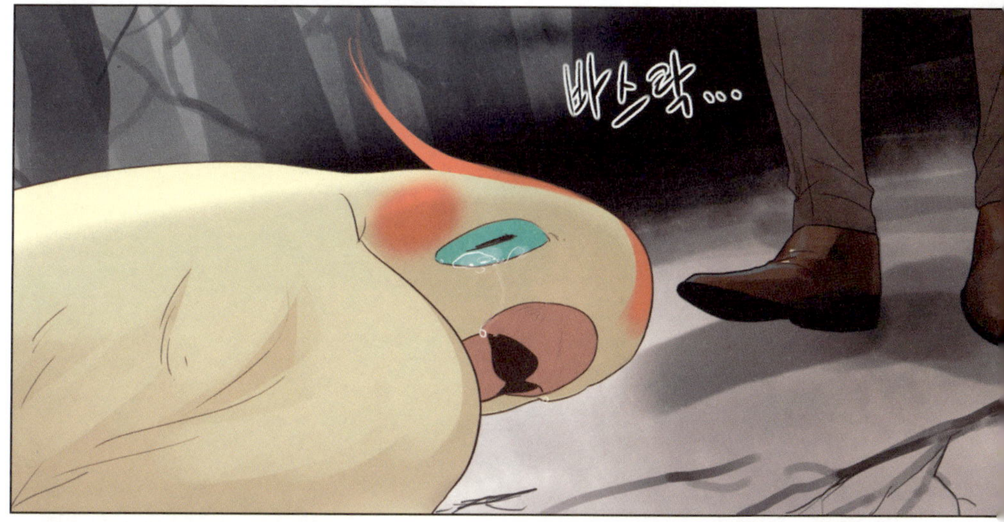

바스락...

Winter Woods

Part 48

/

그랬으면

여기서 뭐 해?
…알고 왔으면서 시치미 떼지 마.
그러니까 내 말은, 왜 여기에 혼자 이러고 있냐고.

말하기 싫은가 보네.

그럼 내가 한번 맞혀볼까?

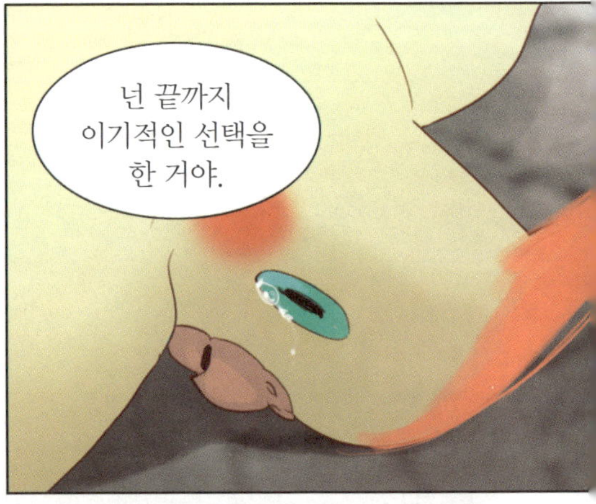

넌 끝까지 이기적인 선택을 한 거야.

단지 윈터가 죽어가는 모습을 네가 보기 싫어서 말이지.
넌 오직 너 자신을 위해서 윈터를 버린 거고.

예전에
날 버린 것처럼.
맞지?

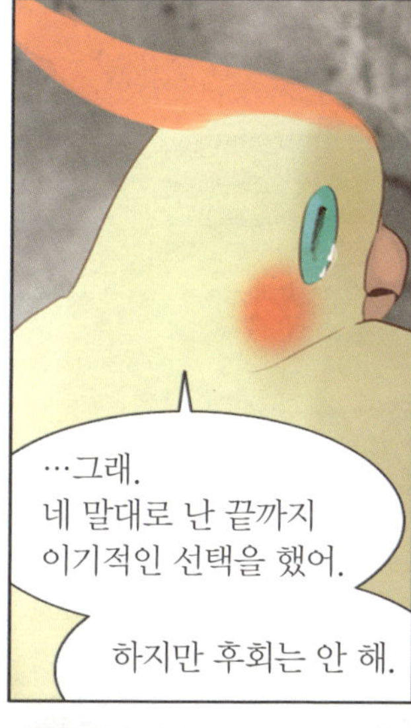

…그래.
네 말대로 난 끝까지
이기적인 선택을 했어.
하지만 후회는 안 해.

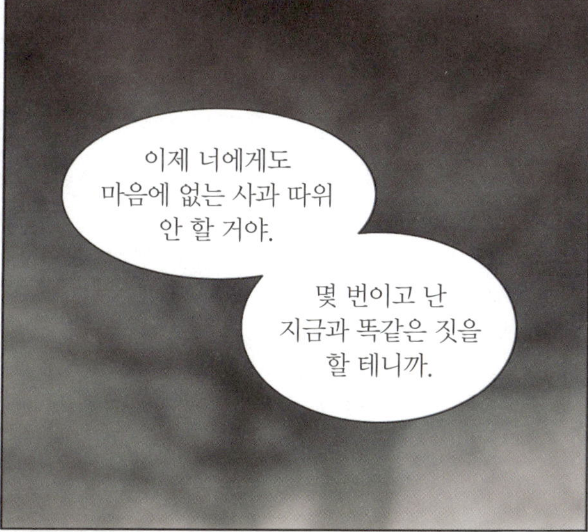

이제 너에게도
마음에 없는 사과 따위
안 할 거야.
몇 번이고 난
지금과 똑같은 짓을
할 테니까.

로이.
전에 말했잖아.
네가 아무리
내게 사과해도,
난 널 평생 용서할 수
없을 거라고.

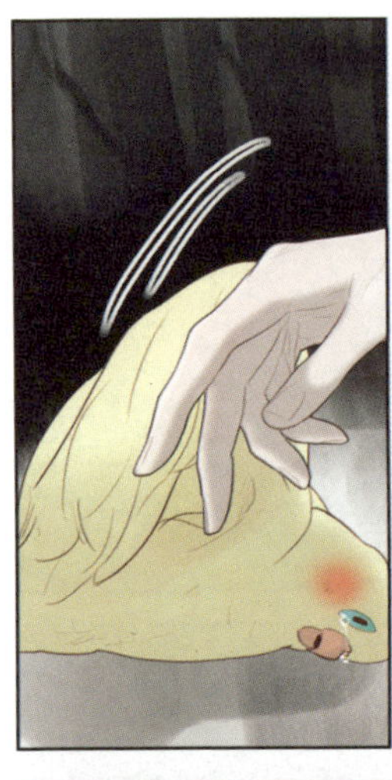
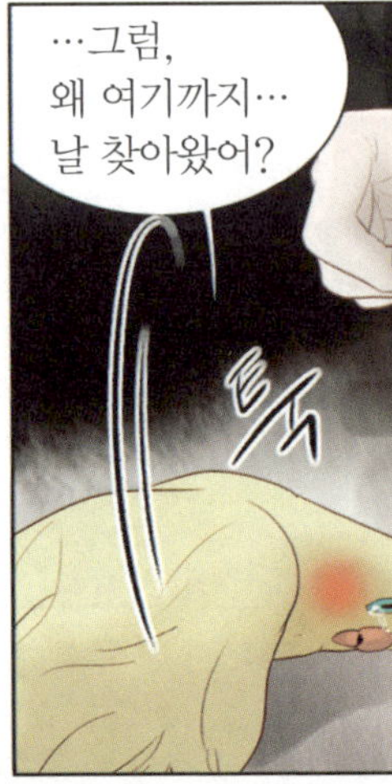
…그럼,
왜 여기까지…
날 찾아왔어?
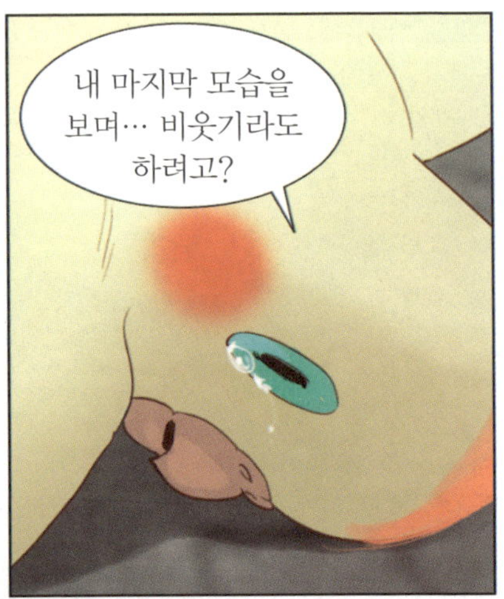
내 마지막 모습을
보며… 비웃기라도
하려고?

네가 윈터를
두고 나왔으니까.

이렇게 혼자가
되었으니까.

아주 이기적이지만,
조금은 이타적이기도 한
선택을 했으니까.

솔직히 놀랐어.
예전 같았으면
무슨 짓을 해서라도
그 녀석을 데리고
나왔을 텐데 말이야.

안 그래?

끝까지 인간이 아니라며
윈터를 몰아세우고
함께 이곳을 떠났을 테지.
넌 태엽을 감아주는
인형이 필요할 테니까.

하지만 이번엔 윈터의 이름을 부르며 인정해주더군.

진심 어린 행복도 기원하며 놓아주었고.

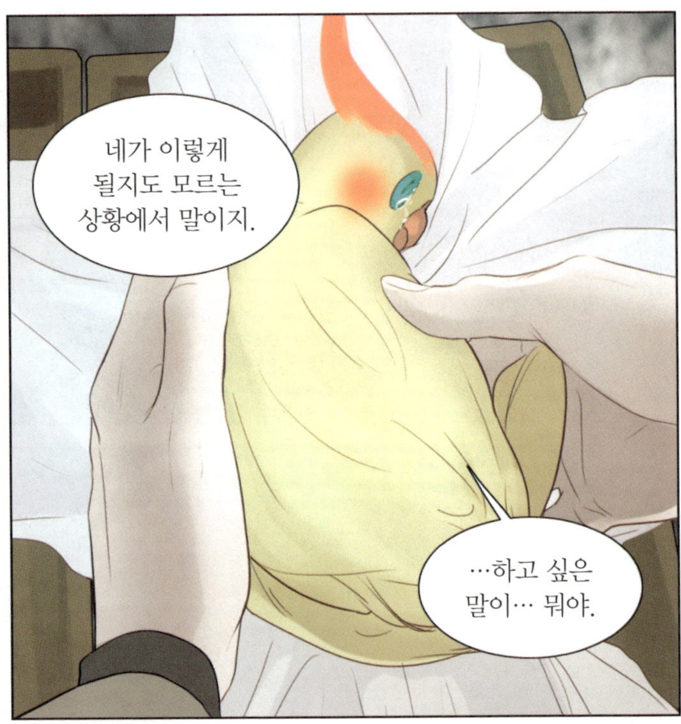

네가 이렇게 될지도 모르는 상황에서 말이지.
…하고 싶은 말이… 뭐야.

네가 변한 모습을 볼 수 있어서 기쁘다는 의미야.
이제 널 놓아줄 수 있을 것 같아.

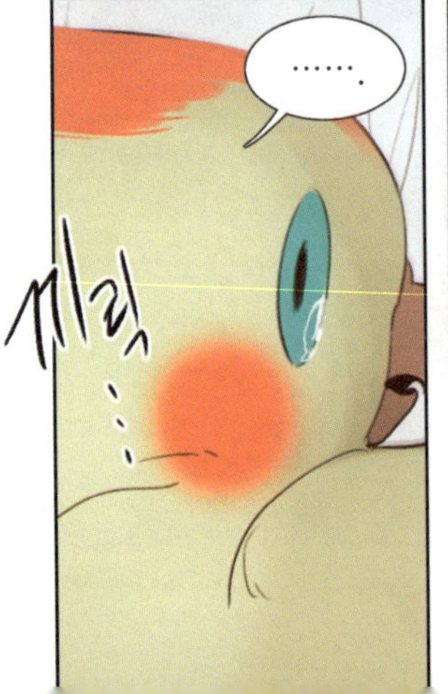

…….
끼릭

하지만….
난 이대로…
기억을 모두 잃겠지…?
끼리릭

주인님도,
윈터도,
제인도,
움켤

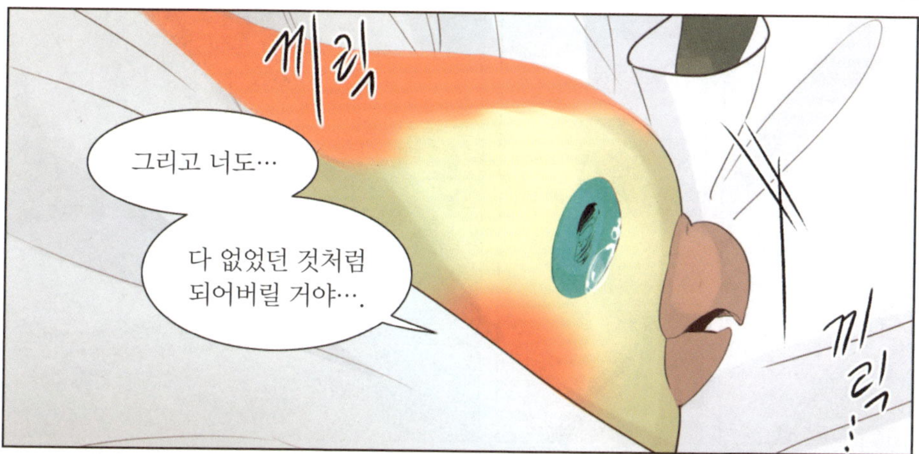

제릭
그리고 너도…
다 없었던 것처럼
되어버릴 거야….
끼릭!

그래서,
두려워?
끼릭…

…무서워.
끼릭
덜컥

내 결정인데도….
아무것도…
아니게… 된다는 것
자체가….
너무 슬퍼.
덜컥…

너무
무서워하지 마,
로이.
끼릭
…

장장…

이제 푹 쉬어.

네가 다시
눈을 뜰 때쯤엔…
모든 것들이
다 아름답게 빛나고
있을 거야.

빨리
들어가야지.

RRRR
…

스미스?

무슨 일이에요,
스미스 씨?
……!!!

스미스!!
이게 무슨 일이에요?
로이가 없다니요?
윈터가 쓰러졌다는 건 또 무슨!
타닷

…일단 들어가 봐요.
윈터, 깨어났으니까.

윈터…?
내가 지금 막 연락을 받고 왔는데, 지금 상황이 어떻게….

제인, 혹시 로이 못 봤어요?

오는 길에 만나서
같이 왔다거나,
아니면….
아니면….

윈터. 미안한데,
난 지금 이게
무슨 상황인지
도무지 모르겠어.

너는 왜
이러는 거고,
로이는 갑자기
왜….
로이가
가버렸어요.
장난이었다면
제인과 함께 들어와서
절 보고 소리 내며
웃었을 텐데.

태엽도
못 감아줬는데….

정말로 가버…
윽!
위, 윈터?
왜 그래?

어디
아픈 거야?!

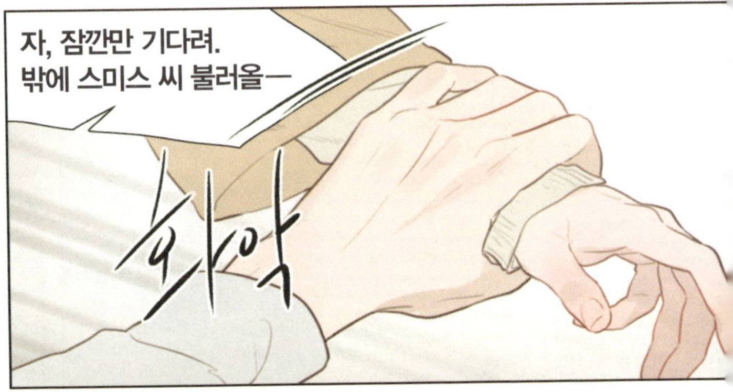

자, 잠깐만 기다려.
밖에 스미스 씨 불러올ー
화악

제인은
어디 가면 안 돼요.

로이처럼
절 떠나면 안 돼요.

그냥
제 옆에 계속
있어주세요.

한시라도
떨어지지 말고ー

뚝뚝

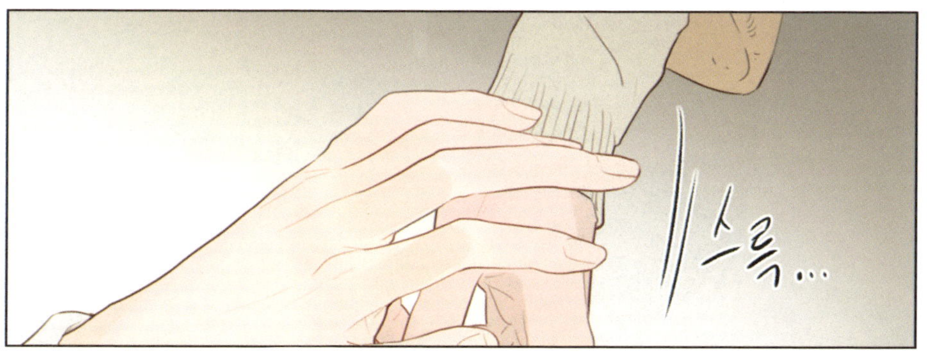

스르…

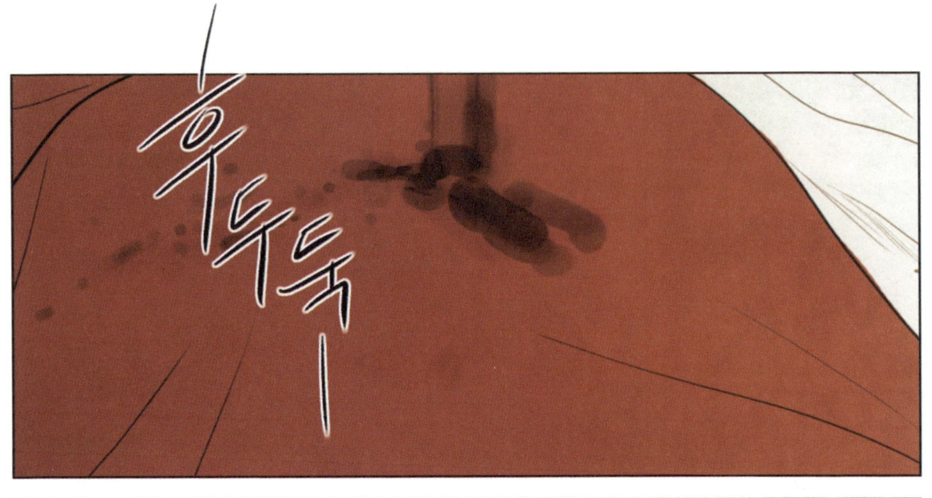

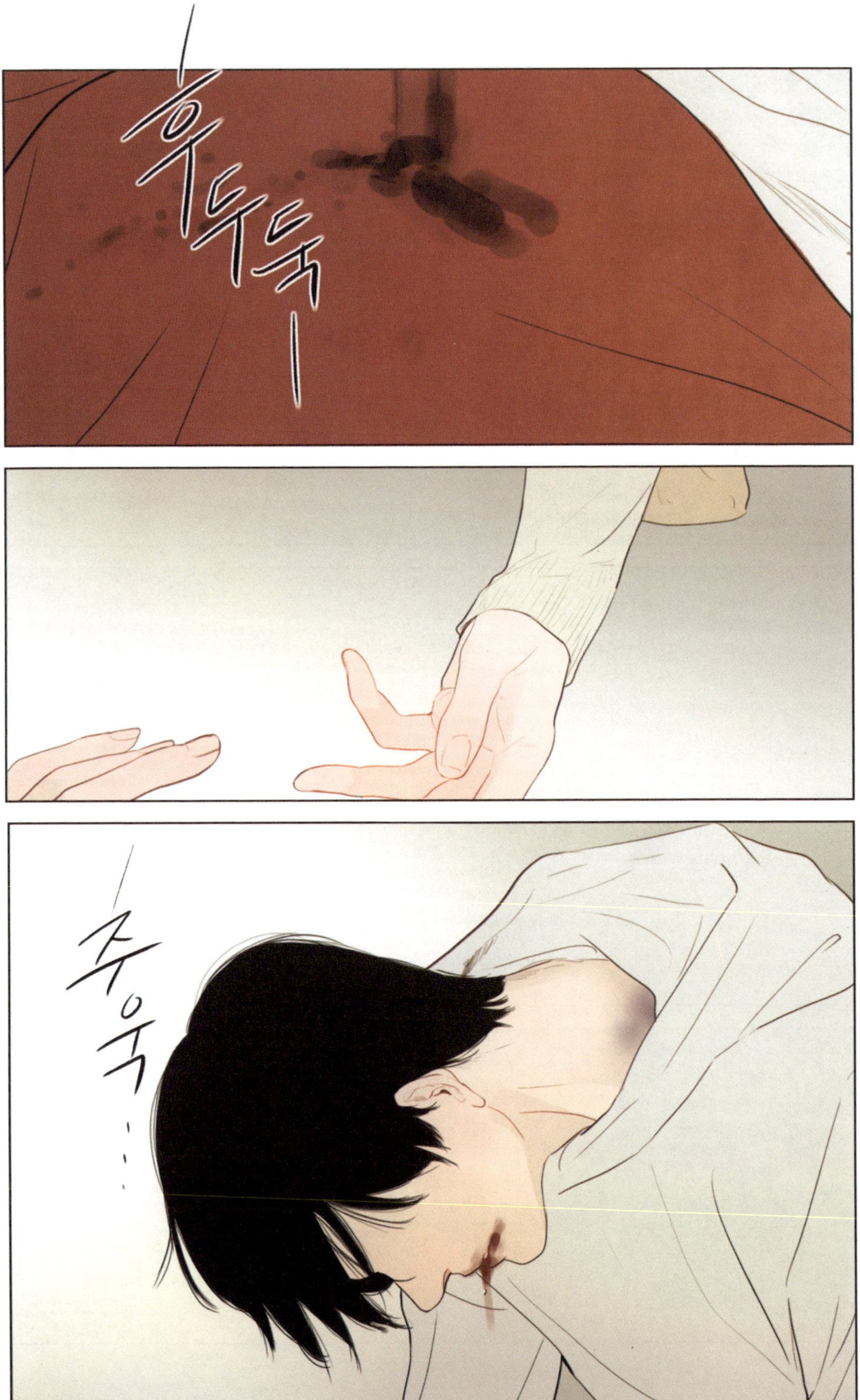

후드득—

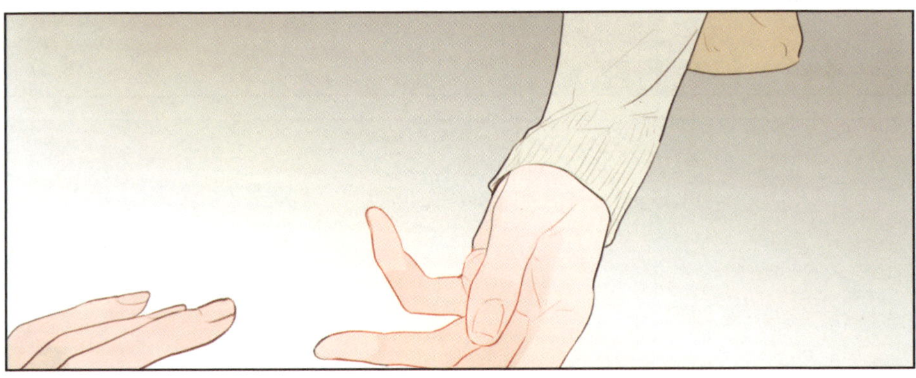

저어…

Winter Woods

후―

그래서, 로이는 그렇게
가버리고 윈터에게는…
이제 시간이 없다는
건가요?

…그래.

얼마나
없는데요?

그건…
정확히는
잘 몰라.
다만
생각했던 것보다도
더 짧을 것 같아.

스미스 씨의 말은 윈터를 위해
할 수 있는 일은 여기에 없고,
전에 있던 곳으로 떠나야 한다는 거죠?

맞아. 그래서
우리가 떠날 수 있는
방안을 모색해놨고,
준비 중이었어.
훌쩍…

그런데
이런 중요한 사항을
왜 나한테
말 안 했어요?
제일 먼저
알려줘야 할 사람이
나 아니에요?

쉽게 말할 수가 없었어.
제인 씨 성격에 이 사실을 알게 되면 무슨 일이 벌어질지 장담하기 힘들었고….

그래서 우리는 준비가 될 때까지만 숨기려고 했었어. 그런데 복잡한 사정이―
준비요? 준비가 다 되면 말해주려고 했다고요?
그래도 그 전에 미리 말해줬어야죠!

어떻게 이 지경이 되도록 속일 수가 있어요?
어떻게….

어떻게…!

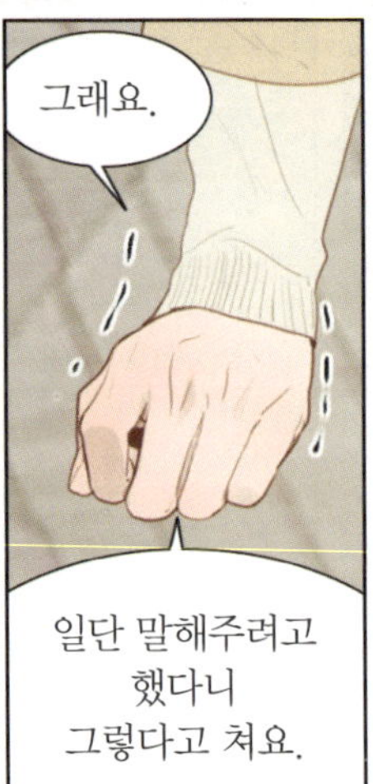

그래요.
일단 말해주려고 했다니 그렇다고 쳐요.

그럼, 도대체 그 복잡한 사정이란 게 뭔데요?

……

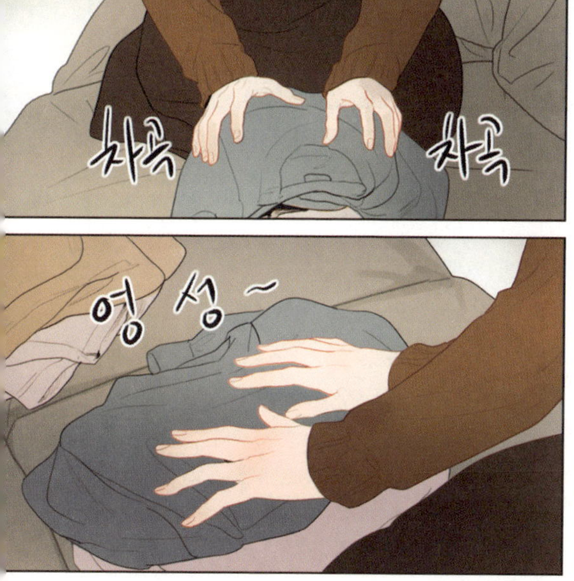
차극
차극
영 성~

철컥

왔어?

조에, 이거 봐.
이제 감을 좀 잡은 것 같아!
저번엔 찬장 정리를 하겠다며 모든 그릇들을 꺼내더니, 오늘은 옷이야?

당신이 없는 동안 너무 심심한 걸 어떡해.
쓰당 쓰당

밖으로 나가지도 말라고 하고.
당분간은 집으로 찾아오지도 말라고 하고.
이런 일이라도 해야 시간이 빨리 가.

됐어.
다른 거 해.

더 즐겁고
쉬운 걸로.

내가 심심하지 않을
만한 거 사다 줄까?
소리가 나는 악기나,
뭔가 조립하며
놀 수 있는 거
말이야.

툭

이런 일은
내가 할 테니까,
넌 편하게 있어.

지금
은근히 못 하게
하려는 거지?

내가 그렇게
못하나…?

나 이제
당신과 나란히 앉아서
모든 걸 같이하고 싶어.

빨래든 정리든
설거지든,
그 어떤 것이든.

알겠어, 같이 해.
그러니까 이제 인상 좀 펴.

근데 조에, 어쩐 일이야?

아직 햇볕이 들지 않고 있는데.

…네게 부탁이 있어.
부탁?

당분간 좀 돌봐줘.

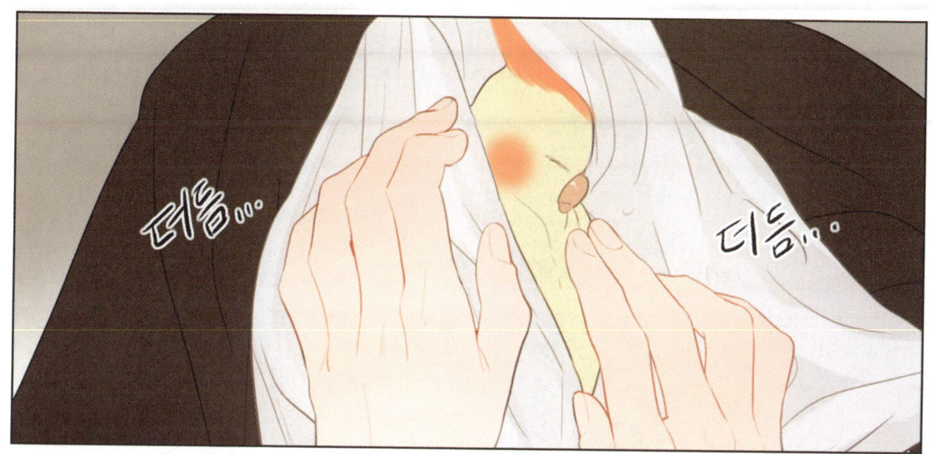

더듬…
더듬…

아….
어떻게
된 거야…?

깊은 잠에
빠져 있는 것일
뿐이야.
곧
일어날 거니까
걱정 마.
그렇구나….

조에
목소리가….

그리고,
이것도
가지고 있어.
이게 뭔데?

휴대폰이야.
만약
이 소리가 울리면
받지 말고 곧바로
안개 숲으로 와.
알겠지?
우리도 이제
슬슬 떠나야지.

떠나서 즐겁게
지내야 하지 않겠어?

…알겠어.

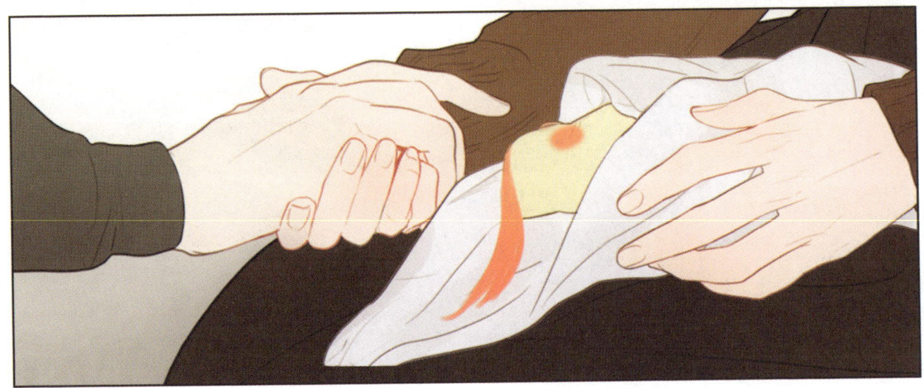

철컥

탁

똑 똑─!!

철컥─

…아….

평소 제가 알던
클라우드 씨가
아니네요?

어쩌다 보니.
문을 아무리 두드려도
안 나오시길래, 이 앞에서
기다리고 있었어요.
인기척이 들려서
다시 두드려봤는데,
다행히 나오셨네요.

무슨 일로
날 찾아온 거지?

물어볼 게
있어서요.
들어가도
되나요?

얼마든지.

윈터가 여기를 떠나
전에 있던 곳으로 돌아가야
살 수 있다는 말을 들었어요.

그런데 윈터는
이곳에 남길 바란다고
하더라고요.
맞아요?
맞아.

윈터가 떠나면
살 수 있다는 거,
확실하죠?

확실해.
내가 도와줄 거니까.

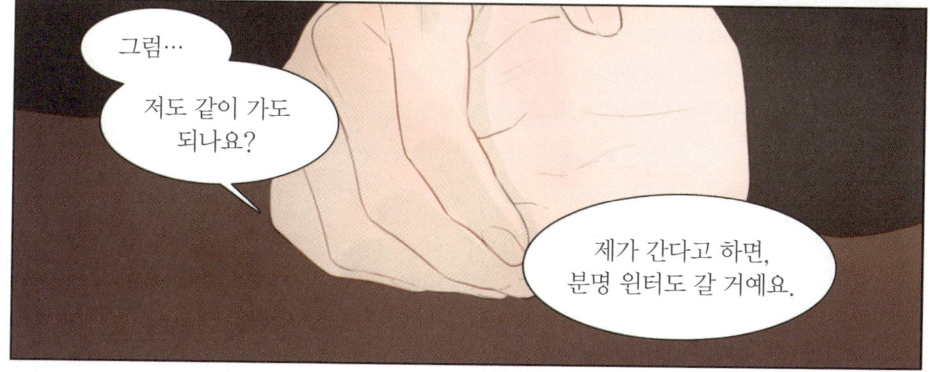

그럼…
저도 같이 가도
되나요?
제가 간다고 하면,
분명 윈터도 갈 거예요.

윈터가 변한 원인이
뭐일 것 같아?

……

바로 너야.

변하기 이전으로
돌아가기 위해 떠나는 건데,
그 옆에 네가 있으면….

무슨 말인지 알지?

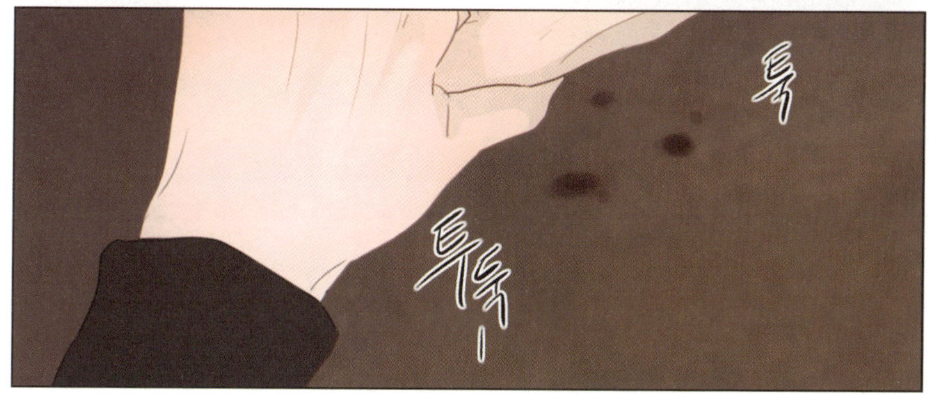

톡

투둑

후—
흑

후—

제가 있어서
윈터가 그렇게
된 거라면,

그렇게
된 거라면,
억지로라도
원터를 데리고
가주세요.
데리고 가서….
꼭 살려주세요.

네가 원한다면
네 힘으로 윈터를
설득시켜.

제 고집대로 밀고 나가든,
네 설득에 그 고집을 꺾든
다 그 녀석의 선택이니까.

미안하지만
난 억지로 데려가거나
하지 않아.

그리고 넌
충분히 윈터의 선택에
관여할 자격이 돼.

탁
206

터벅
...

터벅
...

달칵

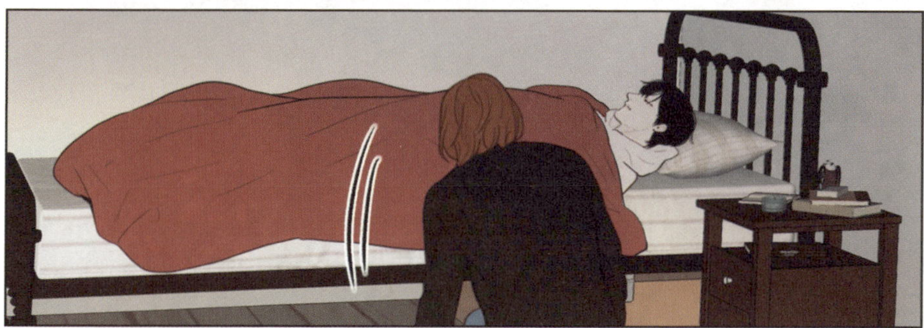

윈터,

넌 항상
여기 앉아서
날 봤겠지?

잠을
안 잘 때도,

혹은 나보다
일찍 일어나거나
늦게 잘 때마다

여기에 앉아서
날 봤을 거야.

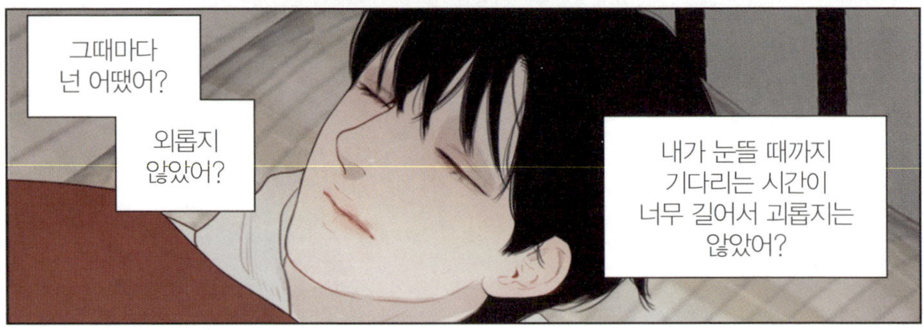
그때마다
넌 어땠어?

외롭지
않았어?

내가 눈뜰 때까지
기다리는 시간이
너무 길어서 괴롭지는
않았어?

나는 있잖아,
너무 불안해.
널 기다리는 시간이
끝없이 이어질까 봐,

그럴까 봐….
너무 무서워.

로이,
나 혼자 있기
너무 무서워….

뚝 뚝…!

로이…!

아오, 완전 추워!
문을 열려면 빨리나
열어주든가!
푸르르
하여간 코딱지
더럽게 느리다, 느려~.

로이! 떠난 줄
알았잖아!
가려다가,
기가 막힌 게
기억났거든.

쟤 빨리 깨워.
지금 당장 가야 해.
잠깐, 갑자기
뜬금없이…
저 자식 살릴
방법이 생각났다고.
예전에 주인님이
흘리듯 한 말이 있었는데,
갑자기 떠올랐어.
빨리 깨워.

나는…?
나는 가면
안 되는 거겠지?

당연히
너도 가야지!
네가 안 간다고
하면 저 자식이
갈 것 같아?
너 있어도
상관없는 방법이니까,
빨리 깨우기나 해.

…정말?
알겠어!

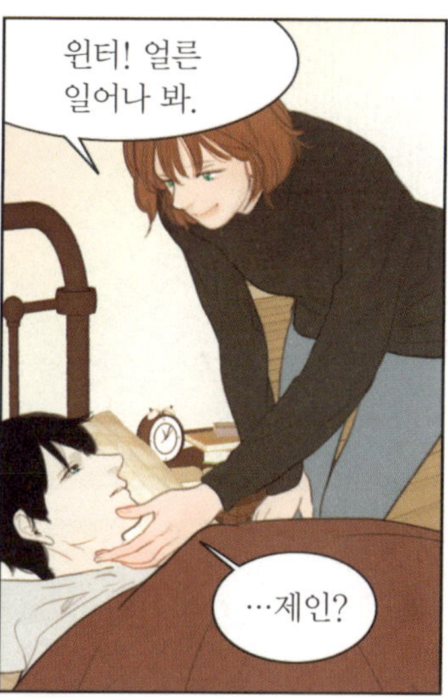

윈터! 얼른
일어나 봐.
…제인?

윈터,
로이가….

그랬으면
얼마나 좋을까.

그랬으면…!

Winter Woods

Winter
Woods

Part 49

/

다시 혼자

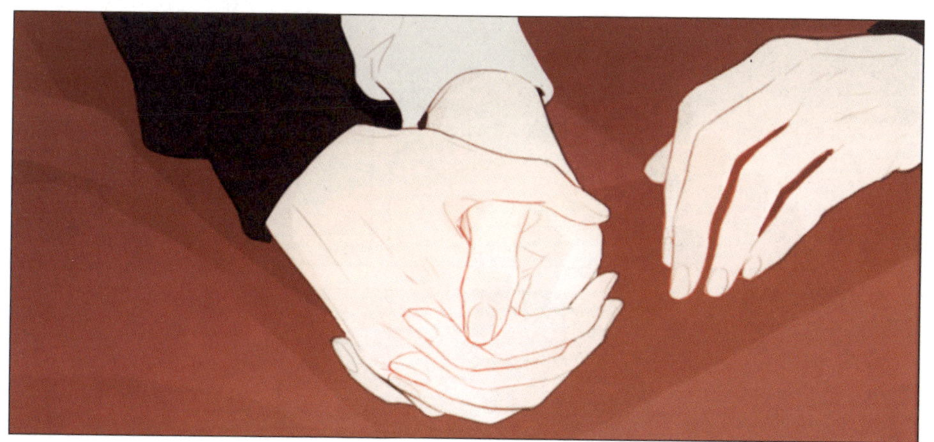

윈터.
많이 아프지?

스미스가 주는 약을 먹으면 참을 만해요.
만약 내가 계속 모르는 상태라면, 언제까지 속이려 했어?

모르겠어요. 하지만 이 사실에 대해 쉽게 말하기 힘들다는 건 변함없어요.
그래서, 최대한 숨길 만큼 숨기겠다?

······.

있지, 나는 너랑 이렇게 있는 게 참 좋아.
한 공간에 머물면서 숨 쉬고, 대화도 하고, 웃기도 하고….

때로는
싸우기도 했지만,
그래도 좋아.

저도 좋아요.

난 그런
추억들을 소중하게
간직하고 싶어.

너도 그렇지
않아?

물론이죠.

최대한 오래오래
가지고 있고 싶어요.

…오랫동안
간직하자.

우리.

RRR...

네,
무슨 일이라도
생겼나요?

신분증이 다 됐다는
연락이 왔어.
그럼 바로
진행해야겠군요.

윈터는?
저희 일을 마치자마자 찾아가서 마지막으로 한 번 더 물어볼 겁니다.
그때 윈터의 선택을 듣고… 어느 쪽이든 따라야겠죠.

떠난다는 것을 택한다면 예정대로 하고, 남는 것을 택한다면… 제인과 함께 안전하게 있을 수 있는 세이프 하우스를 내주고요.

좋아.
그럼 내겐 기다리는 일만 남았군.

푹우一

엇차

그러고 보니
윈터 옷이
하나도 없네….

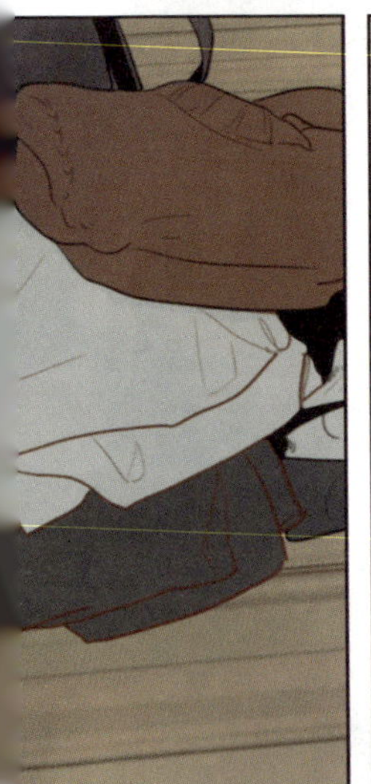

이 옷…
처음 만났을 때
윈터가 입고 있던….

그땐 진짜
무서웠는데….
피식

쯧…

흡… 흐읍…

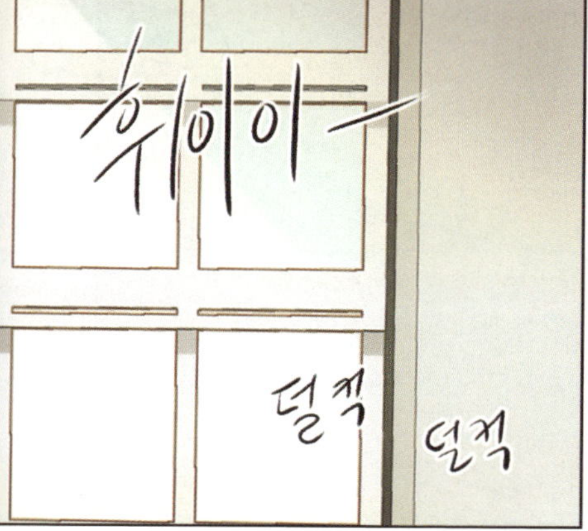
휘이이—
덜컥 덜컥

휘이이—

째깍
째깍

째깍
째깍

째깍
휘이
덜컹

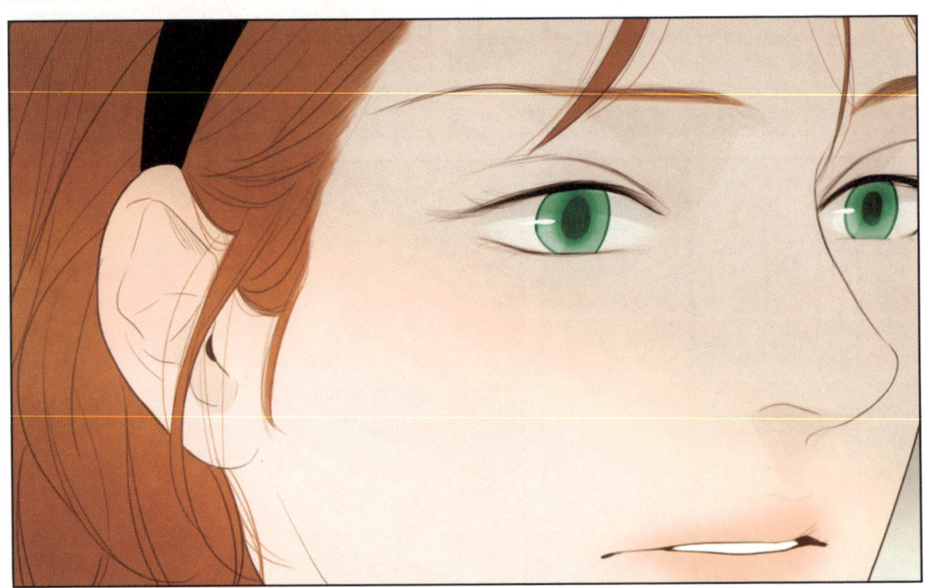

원터…!

위, 원터…!
흔들

조용…

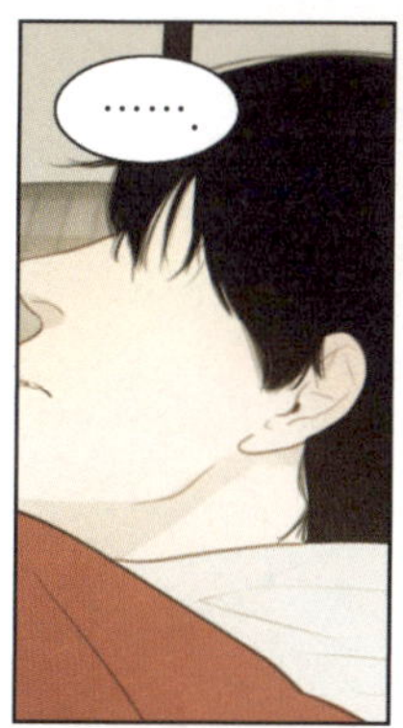
……

원터!
일어나 봐!

스윽…

…제인.
아….

미안, 네가
너무 조용해서….

…역시
안 되겠어….

윈터.

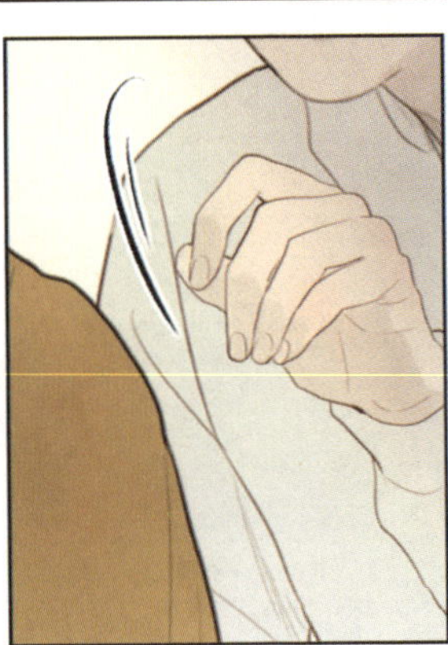

우리 쇼핑 갈까?
네?
옷장을 보니까
네 옷이 하나도
없는 거 있지?

언제까지 내 옷만
입고 지낼 수는
없는 거니까.
준비하고 나가서
맛있는 것도 사 먹고,
데이트하자.

응?

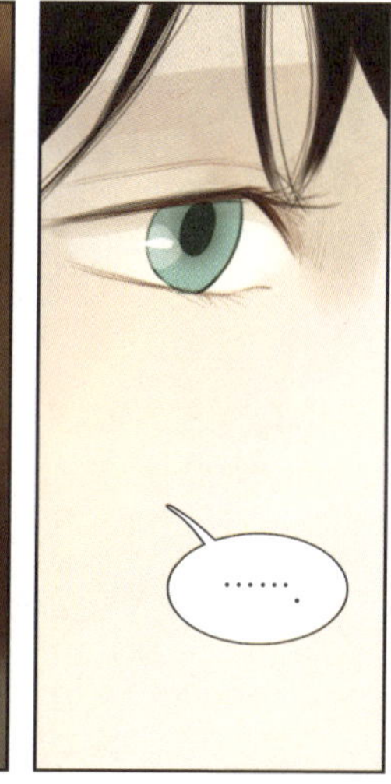

……

제인도
로이처럼 이것저것
다 한 후에….

떠나려고요?

로이가 그렇게
떠났구나….

아니야.

그냥 날이 추우니까
너한테 맞는 따뜻한 옷도
필요할 것 같고~.

……
…원래
봄이 오기 직전이
제일 춥잖아.

나가고 싶지
않아요.

…알겠어,
나가지 말자.
그럼 옷 정리하는 것
좀 도와줄래?

…알겠어요.

차곡—

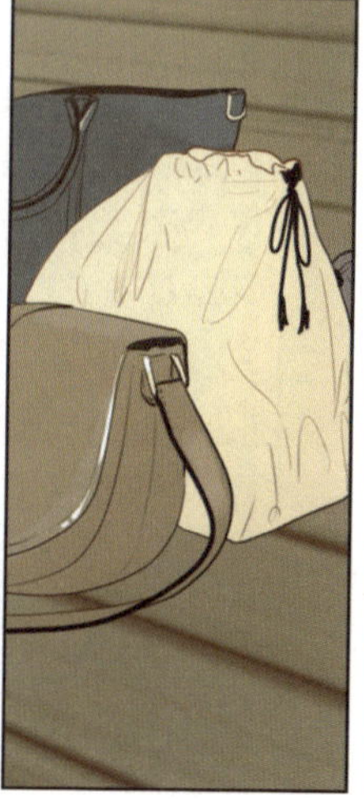

제인,
이 모자는
어디에 놔요?
모자는
박스에 넣어줘.

휙

덜컥

!!!

…….

윈터.
넌 이제
이 옷만 입어.
알겠지?

알겠어요.

힐끔.

오랜만에
옷 정리를 했더니
먼지가 많네.
윈터,
우리 좀 씻을까?
탁
탁

같이.
네, 네?
화들짝

같이 씻자고.
욕조에 물 가득
담아놓고.
끄덕
끄덕
……

이거 내가 아꼈던 입욕제인데, 향기 완전 좋지?
네, 제인에게서 나던 향기예요.
향기가 진해서 제인의 품속에 들어가 있는 느낌이에요.

물색도 예쁘고요.

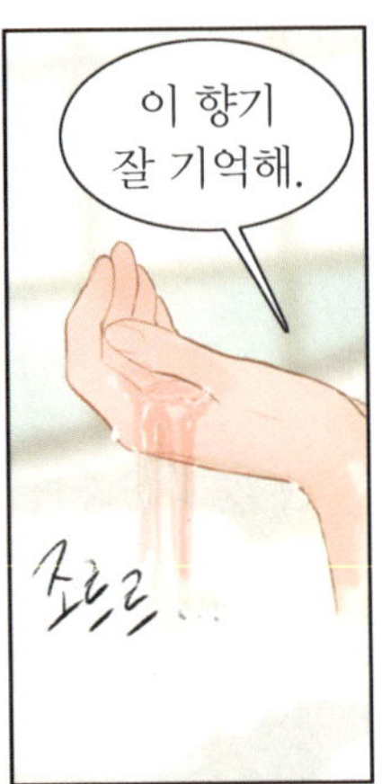

이 향기 잘 기억해.
쪼르…

내가 좋아하는 향이니까.
네가 보고 있는 이 색도 기억하고,

또….
이 온도도 기억하고,

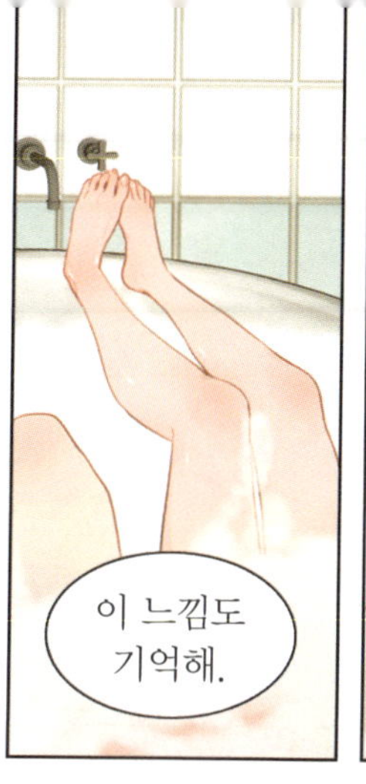
이 느낌도
기억해.

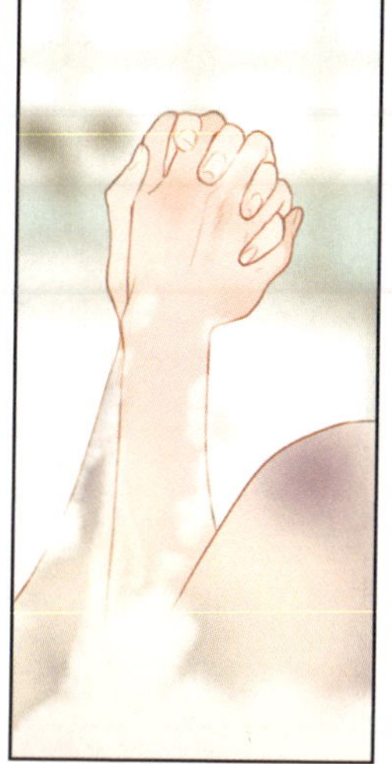

…….

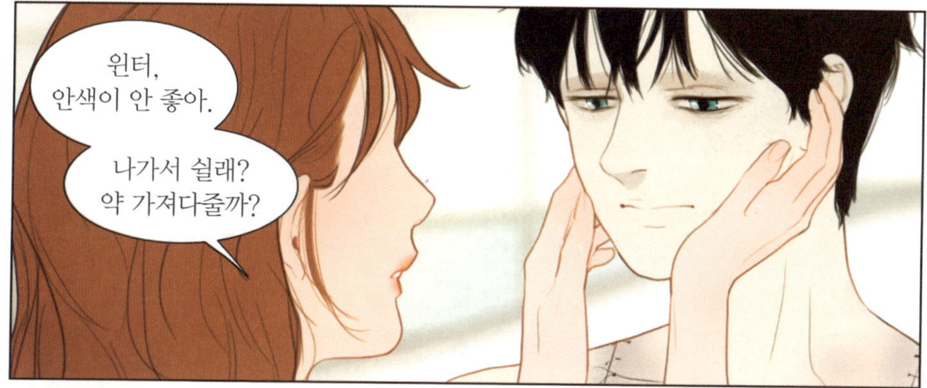
윈터,
안색이 안 좋아.
나가서 쉴래?
약 가져다줄까?

…약이 다
떨어졌어요.
스미스에게 가서
받아야 하는데…
그만 심한 말을
해버려서….

그렇다고
계속 참고 있으면
어떡해!

내가 대신
받아다 줄게,
다 씻고 나와.

아니에요.
스미스한테
할 말도 있고,
제가 직접—

됐어.
씻고 나와.
알았지?

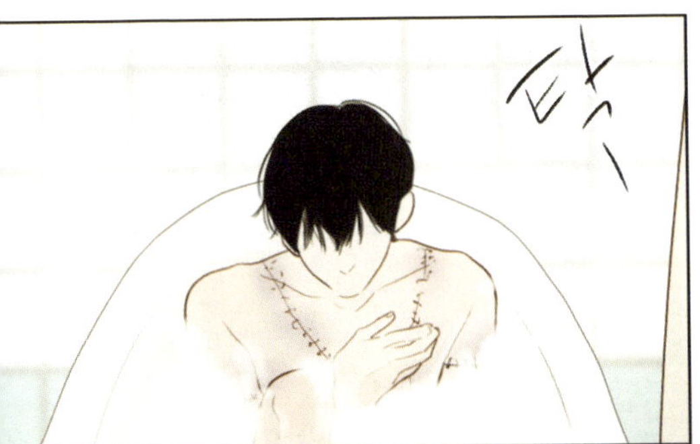
탁

이건 아냐.
이건 정말로
아닌 것 같아….

달칵
제인….
지금
뭐 하는 거예요?

주섬
주섬

…….

제인, 지금 제 옷을
싸는 거죠? 맞죠?

이 말을 어떻게
꺼내야 할지
모르겠다.

무슨…
말요?
나도 너랑 같이
있고 싶어. 떨어지고
싶지 않아.

그런데….
제인, 저 똑바로 봐요.
저 보고 얘기해요.

오늘 새벽에 그랬지,
추억들을 소중하게 간직하고 싶다고.

그러려면…
일단 살아야지.
안 그래?

…무슨 말을 하고 싶으신 거예요…?

네가 여기서 떠난다 하더라도 그 추억들을 간직하고 있다 보면….
우리의 마음만큼은 닿을 거라고 믿어, 난.

제인, 제인마저 저에게 그러지 말아요.

윈터, 우리 희망을 갖자.
서로 영원히 작별하는 모습은 보지 말고, 어디선가 건강하게 잘 지내고 있을 거라 믿으며 그렇게 사는 거야.
난 네가 클라우드 씨를 따라갔으면 좋겠어.

그래서 지금 제 짐을 챙기고 있는 거예요?
갑자기 옷을 나눈 이유도 다 이러려고 한 거고?
스미스 씨에게 약도 받아서 챙겨놨어.
이런 거 필요 없어요!

전 제인이면 돼요!
제인 하나면 다 돼요.

너에게도 나에게도 영원히 이별하는 것보단 그게 더 좋다고 생각해.
물론 이렇게 마주 보고 있을 수는 없겠지.
하지만 적어도 살아있을 거라는 희망이 생기잖아. 난 그 희망이면 충분하다고….
제가 살아가는 이유가 뭔데요. 제가 그렇게 꿈꾸던 게 뭔데!

떨어지면 저에겐 희망도 뭐도 없게 되는 거예요!
전 그렇게 살고 싶지 않아요.

너 정말 끝까지…!
그럼 넌… 널 떠나보내고 혼자 남을 내 모습 생각해봤어?
나도 너 없으면 안 된다고!

살아갈 이유가 있으면 뭐 해!
꿈? 그런 것들은 그냥… 그냥 죽으면 다 끝이잖아…!

제인, 제발….
불가능하더라도 희망을 품어.

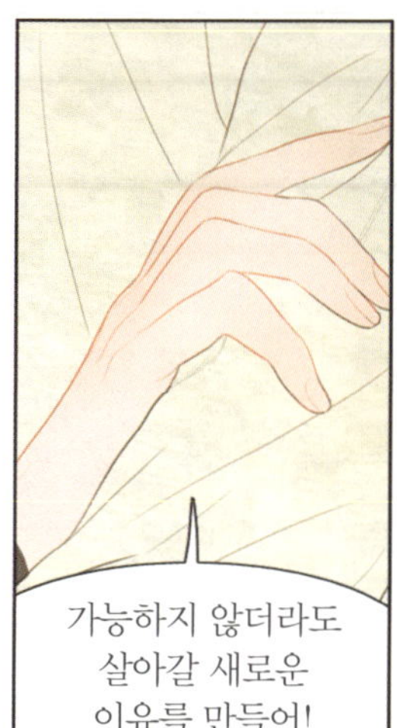

Winter Woods

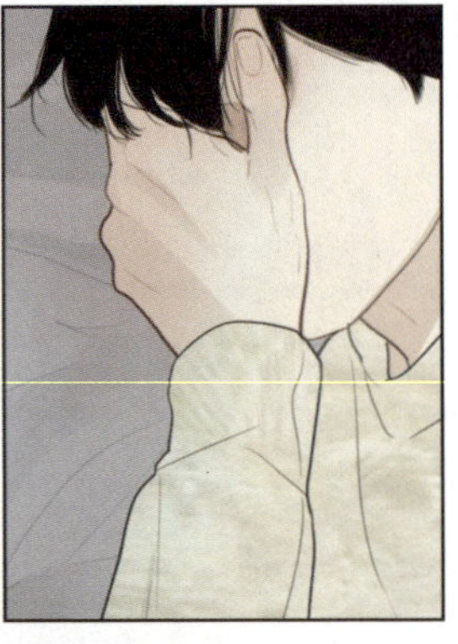
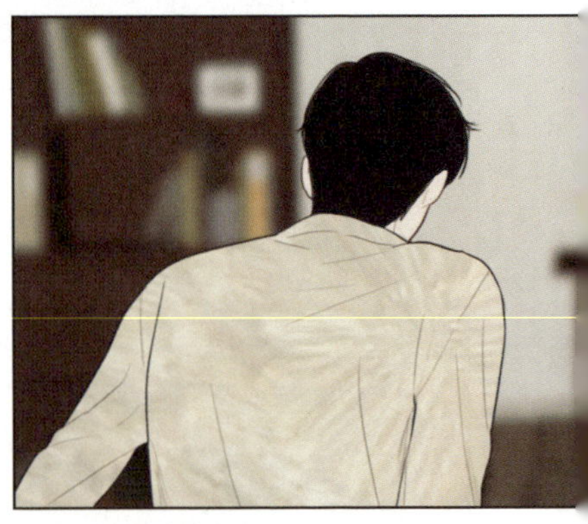

…전에 제인이
제게 그랬죠.

딱 일주일만
그리워하고
찾지 말라고.

그때는 마냥
무섭기만 했는데….

지금 이렇게 되고 보니까
무슨 의미인지 알 것 같아요.

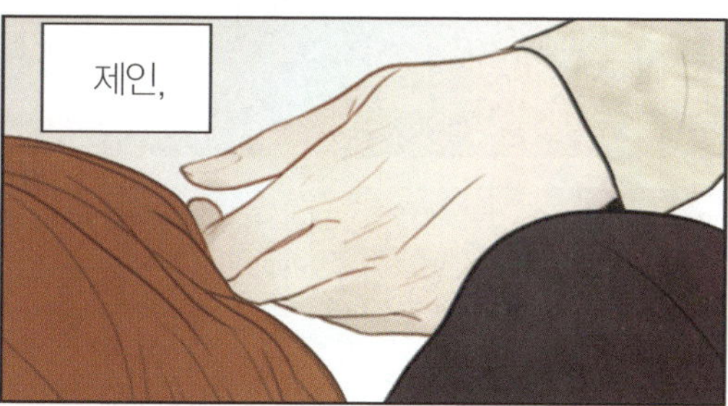

제인,

저를 딱 일주일만
그리워해주세요.

그리고
잊어주세요.

기억은
제가 할게요.

괴로움도 슬픔도
다 제가 가져갈게요.

그리고 추억도….

주섬
주섬

제인,
미안해요.
또 혼자 남게 해서
미안해요.

할머니도 친구도
다 떠났는데
저까지 이렇게 돼서
미안해요.

항상 제인이
웃기만을 바랐는데
울게 해서 미안해요.

정말로…

다 미안해요.

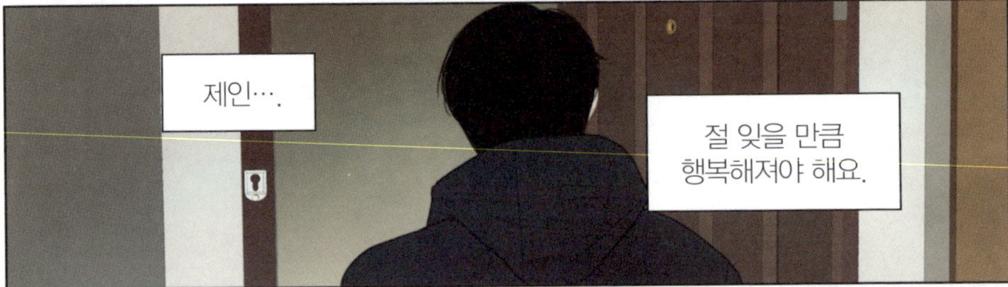

제인….

절 잊을 만큼
행복해져야 해요.

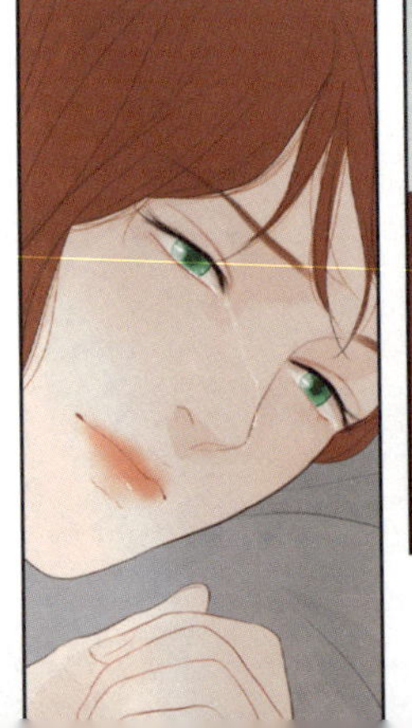

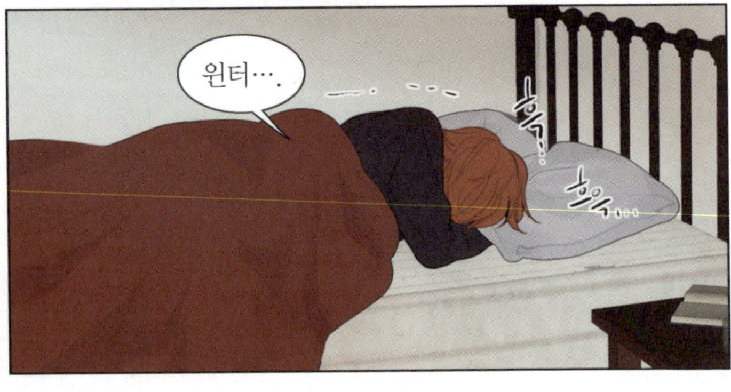

윈터….

Winter
Woods

Winter
Woods

Part 50

/

단 한 사람을 위해서

FOREST OLD BOOK
FOREST OLD BOOK

제인,
그거 알아요?

당신은
처음 봤을 때부터
빛나고 있었다는 거
말이에요.

저절로 시선이 갈 정도로
반짝반짝해서

눈이 부셨었….

조금만 더
제인을 보고 나올걸
그랬나 봐요.

역시 제인이
보고 싶어요.

벌써부터 그리워요.

오히려 휴버트보단
제가 더 확실하게 당신을
고쳐줄 수 있죠.
당신은 분명
완벽히 사람이 되는 날,
절 꼭 찾아올 겁니다.

스미스 씨, 비상벨이 울리면 바로 데이터 다 지워주세요.
저벅
저벅
그렇지 않아도 선임님 자리에 앉아서 대기 중이에요.
이제 곧이에요.
다 끝날 겁니다.

괜찮겠죠?
글쎄요. 이번 일이 끝나면 전 방화범에,

ID카드 도용에,
실험체 유출까지….
스미스 씨에게도 래리 씨에게도 이 점은 정말로 죄송합니다.
아무래도 공범이—
아니 그게 아니라, 무사히 잘 마무리할 수 있겠냐는 물음이었어요.
아무래도 자료실에 불을 지르면 방화벽이 내려올 거고….
아주 제대로 된 범죄자가 되겠죠.
……

그래서
방화벽을 열 수 있는
권한이 내장된 ID카드를
빼돌렸잖아요.

뻑

윈터가 기록되어 있는
자료만 처리하고
나오면 그뿐입니다.

그렇긴 한데…
혹시 모르니까 방화벽이
내려오기 전에 나오세요.
알겠죠?
삐잉!
알겠습니다.

그리고 선임님.
네.

앞으로 저와 래리에게
미안해하지 않으셨으면
좋겠어요.
제가 여기 있는 것도
일종의 제 선택이고,
또 덕분에 윈터를
도울 수 있었으니까.

돌이킬 수
없게 되기 전에
반성할 수 있게
됐으니까요.

…감사합니다.

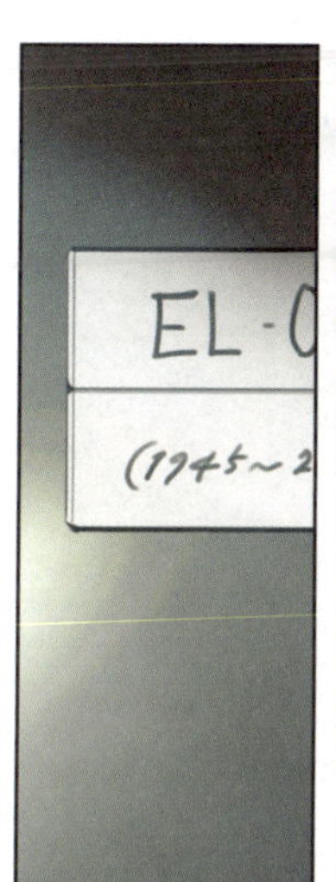
EL-0
(1945~2

끝까지
최선을 다해보죠.

와르르...

1945년부터
쌓여온 만큼
양이 많군.

쏵

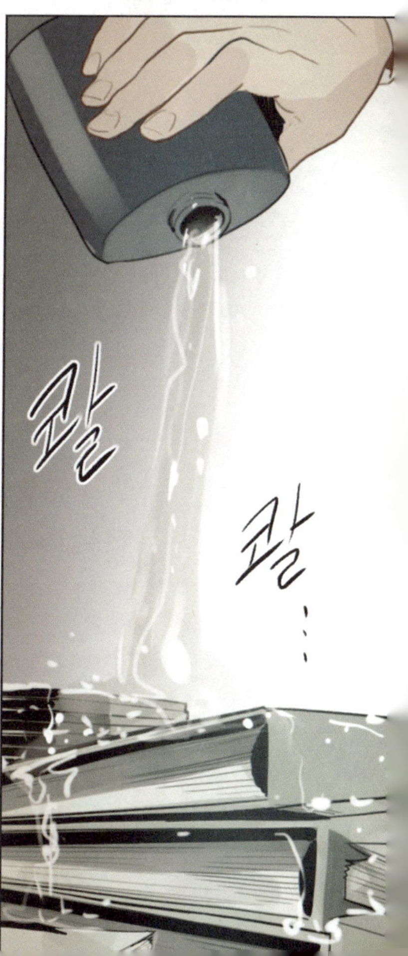
콸

콸...

…혹시 모르니까
방화벽이 내려오기 전에
나오세요, 알겠죠?

핑!
꿀꺽…

…혹시 모르니까
방화벽이 내려오기 전에
나오세요, 알겠죠?

스멀
스멀

피
스
르
르
르
릉

……!

따르르릉!
예상보다
감지 속도가
빠르군.

왜이!

쾅

삑

삐빅—
삐빅—
어?
이게
어떻게….

…!!!

화르륵—

그간 내가 참여한
실험 기록도
지우는 게 좋겠어.

일단 윈터에 대한
기록들은 삭제하고—

따르르릉

자료실 구역에서
화재가 감지되었습니다.

만일을 대비하여
사내에 계신 분들은
침착하게 비상계단으로
대피해주십시오.

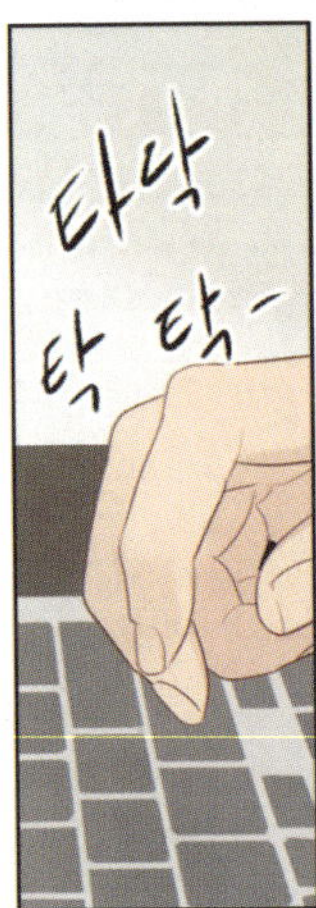

타닥
탁 탁-

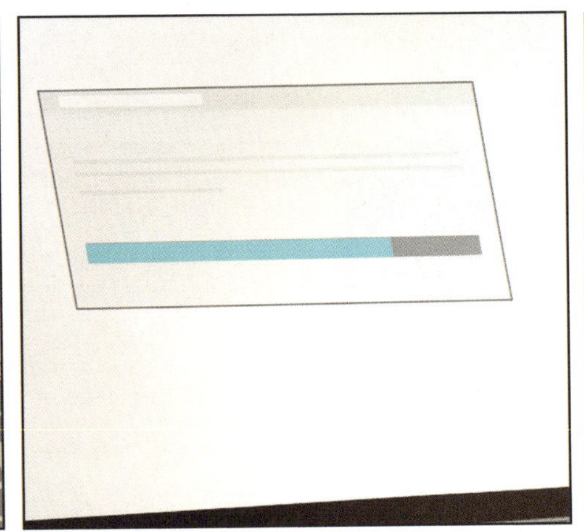

띵

…뭐야.

제대로
입력했는데
왜 권한이 없다고
나오지?

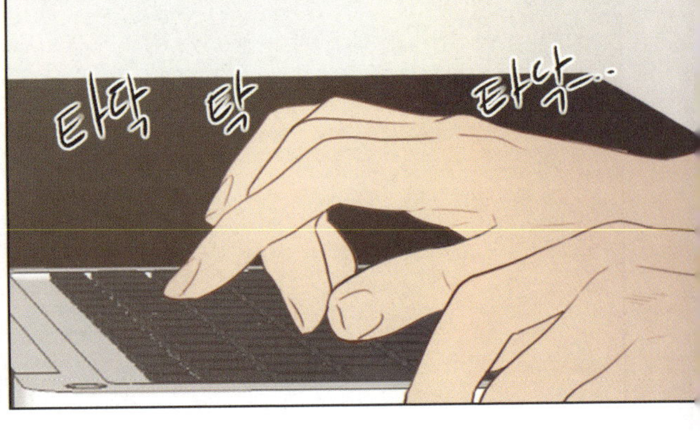

타닥 탁

타닥..

설마…!
권한 조정이
된 건가?

……

…그나저나
어째서 지금까지
아무런 기별이 없지?
이제 정말 위험해질지도
모르는데….

휴버트 선임도
이상할 정도로
조용하고….
이렇게 되면
억지로라도
EL-01을―

때르릉
자료실 구역에서
화재가 감지되었습니다.
사내에 계신 분들은
침착하게 비상계단으로
대피해주십시오.

자료실 구역…?

휴버트!
설마 자료들을…!

자료실은
안 돼…!

책임님!
비켜요, 지금
가야 할 곳이….

잠시만요.
지금 밖에 왔어요!
방금 막 보안팀에서
연락이 왔는데,

EL-01이
직접 연구소로
왔어요!!

……!!!

EL-01,
지금
어디 있나요?

붙잡아뒀겠죠?

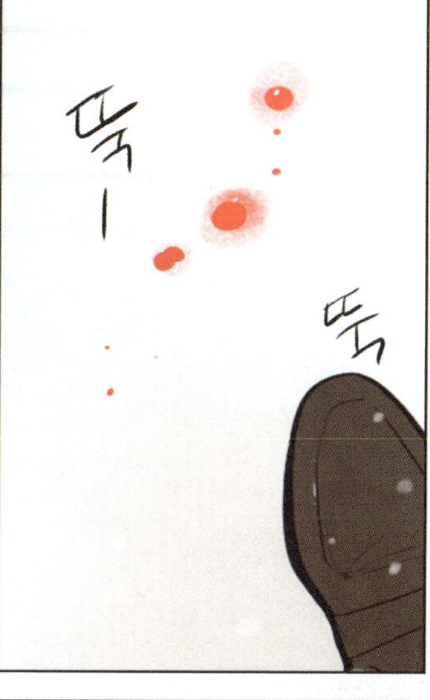
뚜
벅
뚜
벅

바스락

스윽

휴버트,
제가 그랬죠.
또 다른 반전이
있을 거라고.
씨익

화륵

젠장…!

……

이런 식으로
사표를 낼 줄은
몰랐는데.

털썩—

EL-01,
여기 좀 봐봐.

스으…
찰칵!

역시 늘
똑같은 표정.

EL-01은
앞으로 변하긴
할까?

기분 전환 겸
머리라도
잘라볼래?
…….

다 됐다!

어때?
맘에 들어?
…….

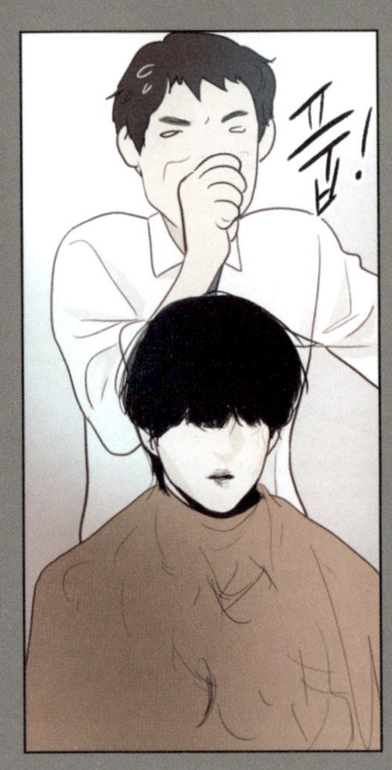
끕!

머리 자른 기념으로
사진 하나 찍자.

꾹

렌즈 보고
웃어!
찰칵!

콜록

왜 하필 그때가
떠오르는 거지?
왜 하필….
콜록…

빠리릭―

선임님!
헉
헉

스미스… 씨?

읍
빨리 나오세요!!

그러니까 제가
자료를 지우려고 했는데,
글쎄 제 권한으로는
안 되는 거예요.
그래서
등급 조회를 해봤더니,
전체적으로 조정이
되었더라고요.

결국 빼돌렸던
ID로 지웠지만요.
그래서 제가 가지고 있던
ID카드로도 방화벽 문을
열지 못했던 거군요.
콰악

맞아요.
하마터면 목숨을
잃었을지도 몰라요.

시기적절하게
와주셨네요.

물어볼 게
있어서 왔어요.

당신이 그랬죠.

휴버트보다
더 확실하게 저를
고쳐줄 수 있다고.

그랬죠.

몸이 나아지고 제가
제 몸을 실험에 순순히
내준다 해도… 그래도 제인을
볼 수 없는 건가요?

만나진 못하더라도
멀리서나마 보기만 해도
좋아요.

그래도 여긴
제인과 그리 멀지
않은 곳이니까.

윈터, 제인이
그렇게 좋아요?

모든 걸
포기할 만큼?

포기가 아니에요.
제게 이건 희망이에요.

……
당신…
정말 완전히
사람이군요.

당신이
정 원한다면…
제인을 볼 수
있게 해줄―

그 말 믿지 마!

윈터,
그 말에 속지 마.
휴버트…?

저들에게 중요한 건
네가 사람이 되었다는
사실일 뿐이지, 네가
소중히 여기는 것들은
안중에도 없어.

…네?

아니에요,
윈터.
전 당신이
협조만 한다면
제인을 볼 수 있게
해줄 수 있어요.

그래요, 책임님.
보게 할 순 있겠죠.
하지만 그때의 윈터는
더 이상 지금의 윈터가
아닐 거고요. 맞죠?

윈터, 네가 제인을
다시 보게 됐을 땐
제인에 대한 기억도, 감정도,
아무것도 없을 거야.
그때의 넌
제인이 누구인지, 심지어
너 자신이 누구인지조차
모를 테니까.

지금까지
알아온 것들을 다
잃어버릴 거라고!

그게 죽음이야.

윈터!

저 사람 말
듣지 말고
내 차로 가.
끄덕

당장 잡아요!
오지 마!!!
···스미스 씨?
래리가 혹시 모르니
가져가라고 했는데, 정말로
쓰게 될 줄은 몰랐네요.

선임님,
윈터를 데리고
먼저 가세요.
덜 덜

선임님이 시작하셨으니
끝을 보는 것도
선임님이 해야죠.

감사합니다.

얼른 타.
…네.

뭐 해요!!
당장 잡아요!
오지
말라니까!!
이래 봐도 총 쏘는 법
아주 잘 배운 상태니까

끽

부웅

스미스 씨!!
도대체
이렇게까지 하는
이유가 뭐죠?

…저도.
윈터와 같은
'사람' 이니까요.

잡아요.

접니다.
지금 윈터를
데리고 가는
중이에요.

그럼 나도
가서 기다리지.
안개 숲 중앙으로
윈터만 보내.

네. 최대한
빨리 만나죠.

이제
가야 하는데,

언제까지
붙잡고 있을 거지?

난 아직도 고민 중이거든.
너를 보내주는 게
옳은 일인지 아닌지.

아무리 윈터를 돕는다 해도 넌 여전히 범죄자고,
벌을 받아야 마땅한 놈이잖아. 안 그래?
…….

하지만 윈터를 위해서는 너를 놓아줘야 하는 게 맞고 말이야.

그래서 어떻게 해야 할지 모르겠어.
내가 죄에 맞는 벌을 받으면 된다는 말을 하고 싶은 거라면, 걱정할 필요 없어.

그게 무슨 소리지?
난 분명….

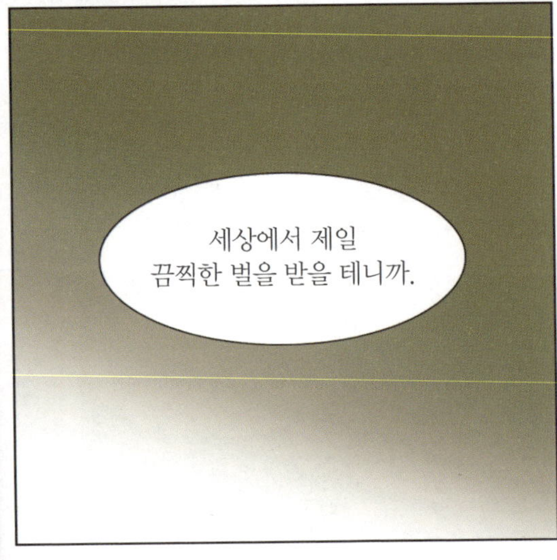

세상에서 제일 끔찍한 벌을 받을 테니까.

쓰담_
쓰담_

R R R

주섬
주섬

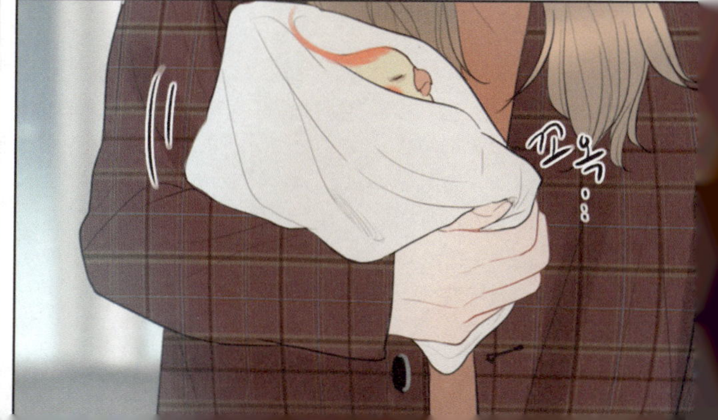

꾸욱

다 왔어.
조금만 더 버텨, 윈터.
안개 숲 후문이야.
이대로 쭉 숲 중앙으로 가서 클라우드를 만나.

…네.
하…
하아…
그리고 네가 한 선택을 말해.
그럼 그가 네 뜻대로 도와줄 거야.

그동안…
고마…웠어요….

쭈욱

나에게 고마워하지 마.
이건 당연히 해야 할 일이니까.
오히려 난 좀 더 빨리 널 돕지 못한 게 미안할 따름이야.

…….

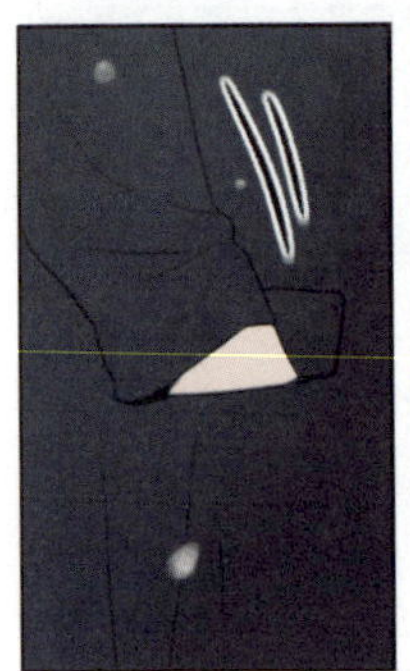

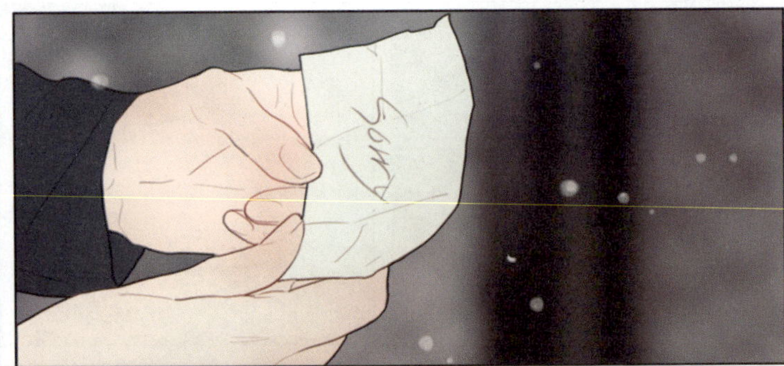

sorry

……!
사윽…

제가 말했잖아요.
이제 괜찮으니까
웃어도 된다고.
더 이상
미안해하지 말아요.
Sorry.

…그래,
웃을게.

앞으로
웃을 테니까.

늦기 전에
빨리 가.

잘 지내요,
휴버트.

윈터.

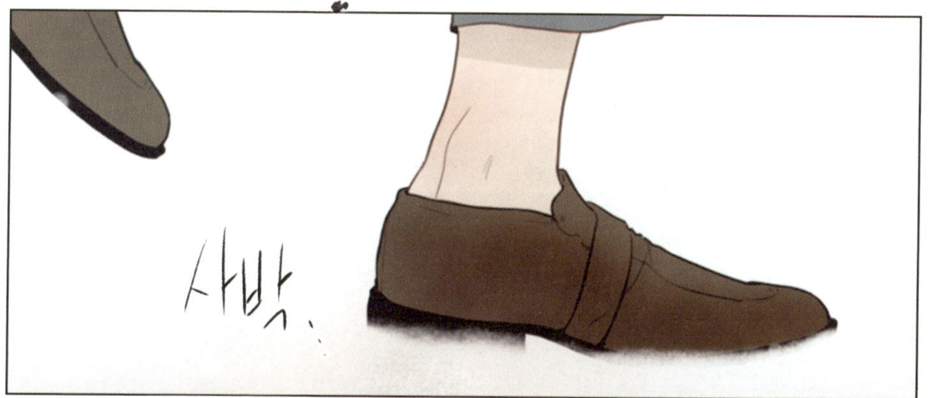
사박.

꼭 살아.

Winter
Woods

Part 51
/

기억의 숲을 걷다

콰당—

주인님….

POST CARD

Winter
Woods

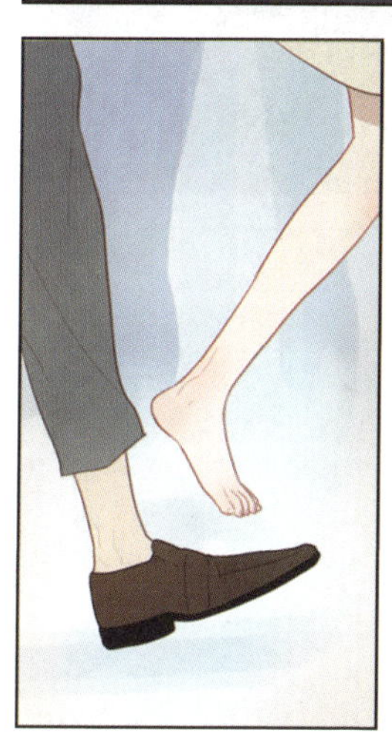

라비.

에밀리.

나무야….

드디어 왔구나.
이렇게 안개 속에서 다시 만났네.
나무야.
나 그동안 너무 힘들었어.
이제 괜찮아.
다 끝났어.

모르겠어.
나 계속 제인이 너무 보고 싶어서… 괴로워.
그 빛나는 모습이 계속 떠올라서… 너무 슬퍼.
그냥 보고만 있어도 좋을 텐데….

넌 요정이잖아.
소원을 들어줄 수 있는 요정이잖아.
내 소원… 들어주면 안 돼?
네 소원이 뭔데?

제인과 끝까지
함께 있고 싶어.

아니,
보기만 해도
괜찮아.

지금보다도 몸이
더 아파도 좋아.

제인을
볼 수만 있다면
행복하게 웃을 수
있어.

그럴… 수만
있다면….

후두둑

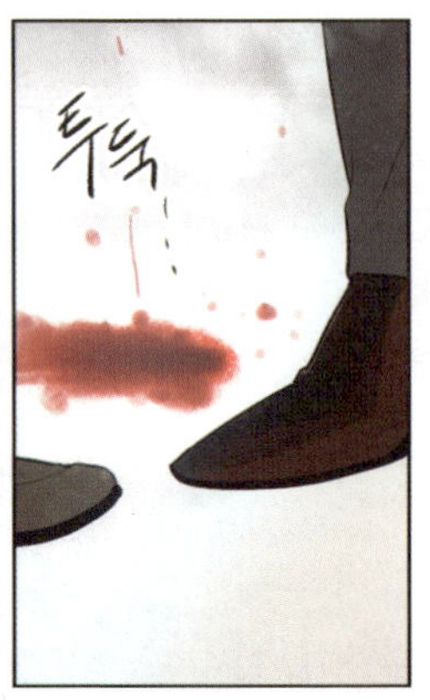

투둑...

그래서 넌 지금처럼
괴로워도 상관없으니까
끝까지 제인과 함께
있고 싶다는 거야?

...응.

하루하루
시간이 지날수록
죽음은 네게 가까워질 거고
그건 살아가는 게 아니라
죽어가는 걸 거야.

넌 다가오는
죽음을 바라보며
평생 그 두려움 속에서
살게 되겠지.

그래도 영생을
포기할래?

무섭지 않아?

제인을 더 이상
보지 못 한다는 게
더 무서워.

토닥...
토닥...

잘 선택했어.

사람은
누구나 다 시간 앞에서
사라져가기 마련이지.

[제인과 함께
안개 숲 중앙,
노래가 들리는 곳]

휴버트 씨!

당신이
왜 여기에…?

윈터에게
무슨 일이라도
생긴 거예요?

제인 씨,
잠깐 저와 함께 좀
가봐야 할 곳이
있습니다.

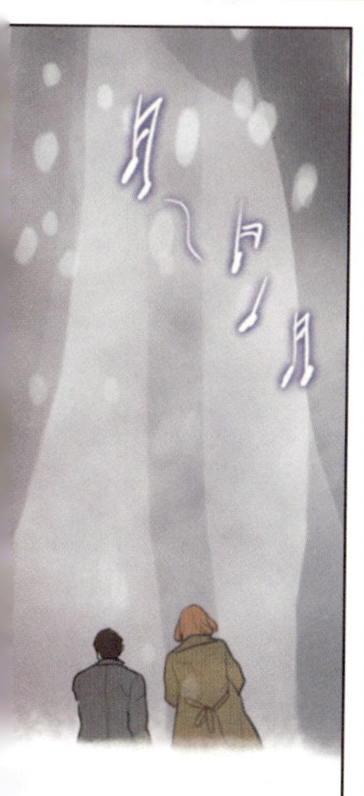

로이….

로이…!

제인.

로이는 지금까지
우리를 가르치며
살아왔어.

이젠 네가
로이를 가르쳐줬으면
좋겠군.

그리고 윈터는
아주 좋은 선택을 했어.

그러니까
걱정하지 마.

윈터….

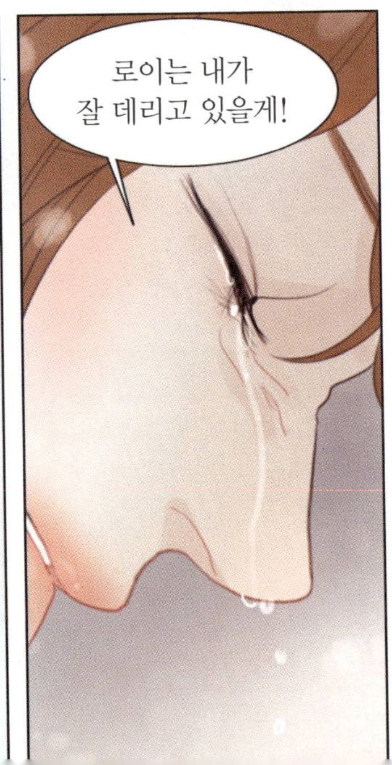
로이는 내가
잘 데리고 있을게!

나는 로이랑 같이
행복하게 잘 살고
있을 테니까

너도 건강하게
잘 살아야 해!

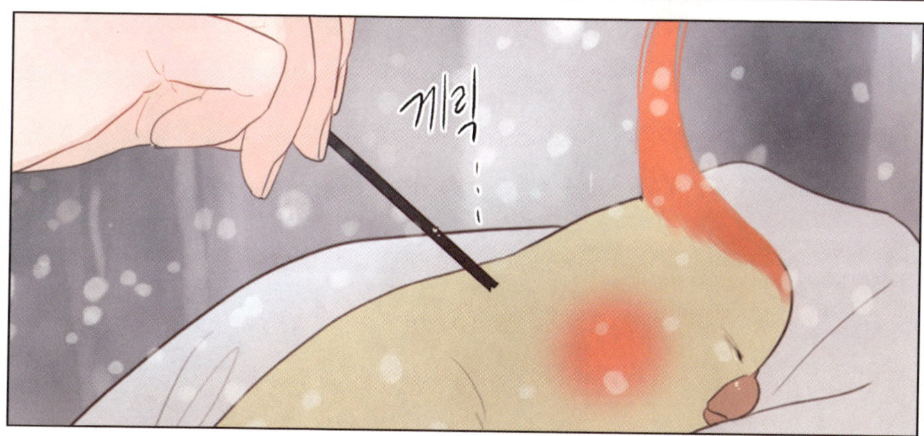

께릭
!
!
!

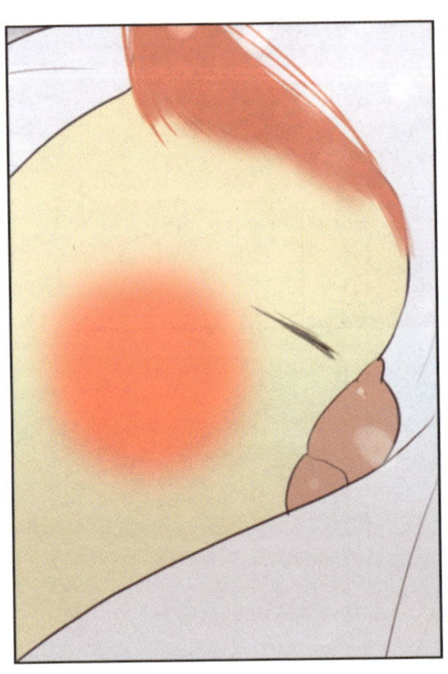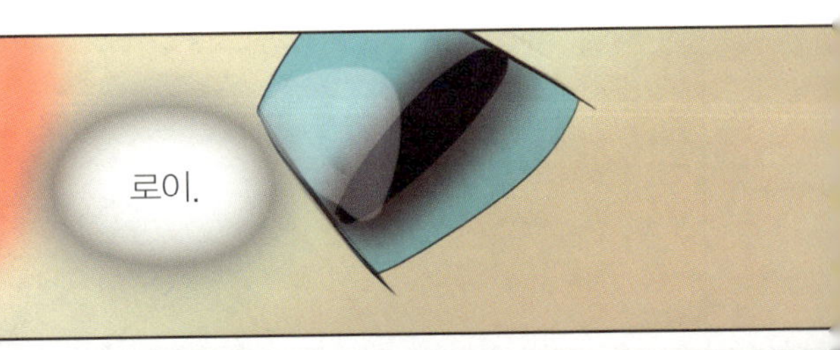

로이.

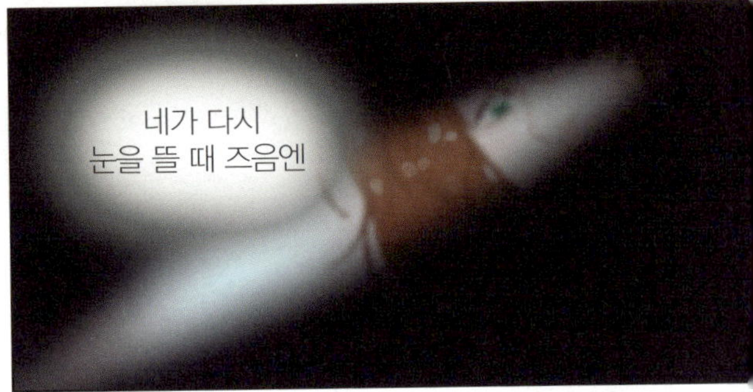

네가 다시
눈을 뜰 때 즈음엔

로이…?
모든 것들이 다
아름답게 빛나고
있을 거야.

……

괜찮아.

처음부터
차근차근….
예전처럼
돌아가는 거야.

Winter
Woods

우리 셋이서

윈터가 떠나고,
혼자 남겨진
후에도
시간은
아무 일도 없었다는 듯
무심하게 흘렀다.

봄이 또 왔네.

봄이 오면
같이 하기로 한 게
많았는데….

윈터가 떠난 그날
사라가 보낸 사람들이
안개 숲 광장을 덮쳤고,

휴버트 씨와 래리 씨는
그들에게 잡혀갔다.

하지만 얼마 뒤
그들은 연구소에서 행한
비윤리적인 실험을
평생 함구하는 조건으로
풀려났다.

아마 윈터와 비슷한
다른 실험이
여럿 있던 모양이었다.

휴버트의 말에 의하면
사라는 연구를
계속할 것 같은
모습이었다고 한다.
여전히
포기를 하지 않은
상태인 것 같다고….

휴버트 씨는
지금껏 연구에만 집중한 탓에
뭘 하고 싶은지 모르겠다며
차근차근 알아볼 겸
고향으로 돌아간다고 했다.

그 이후로 난
사라와의
연을 끊었다.

아마 앞으로
연락할 일은
없겠지.

스미스 씨와 래리 씨는
조그마한 꽃집을
차리고 싶다면서
자주 놀러 오란 말만 남기고
도시 외곽으로 이사를 갔고,

제인 씨.

아무래도 연구소가
걸려서 드리는
말씀입니다만….

계속 여기 있지 마시고
제가 마련해둔
다른 집이 있는데,

그곳으로 가시는 게
어떻겠습니까?

전 계속
여기 있고 싶어요.
많은 추억들이
있는 곳이니까.

네, 감사해요.
…알겠습니다.
혹시 무슨 일
있으면 연락 주세요.
연락처 바꾸지 않고
있겠습니다.
나는 윈터와의
추억이 깃든 이곳을
떠날 수 없었다.

의미 없는 희망일지도 모르지만
혹시나 건강해진 윈터가
돌아올지도 모르니까.
만약 윈터를 만나게 된다면
언제든 떠날 수 있게 돈을
팍팍 모으는 중이다.

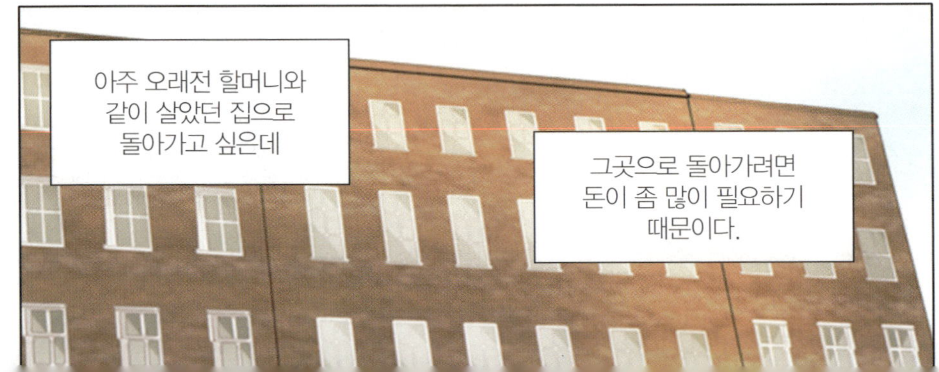

아주 오래전 할머니와
같이 살았던 집으로
돌아가고 싶은데
그곳으로 돌아가려면
돈이 좀 많이 필요하기
때문이다.

안녕하세요, 편집장님!
어머, 제인. 좋은 아침~.
원터가 하기로 했던 웨인 작가님의 책 표지는 무산됐다.

계약 위반으로 위약금을 물어주고 회사에서 잘릴 각오를 하고 있었는데 편집장님이 의외의 말씀을 해주셨다.

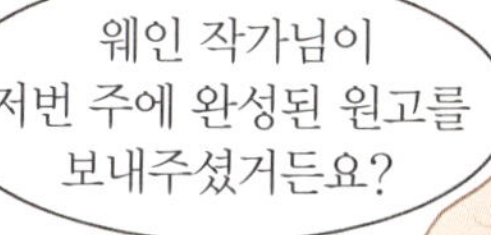

웨인 작가님이 저번 주에 완성된 원고를 보내주셨거든요?
근데 그 소설 속 괴물도 원터 씨처럼 그림을 남겨놓지 않았어요.
그 괴물이 너무 힘들어서 그림을 그리지 못한 건지, 혹은 마지막이라는 사실에 조금이라도 더 눈으로 소녀를 보고 싶었던 건지,

…왜요?
그건 저도 몰라요. 소설 속에도 그 뚜렷한 이유는 나오지 않았거든요.

아니면 자신이 그렸던 그림을 통해 죽을 때까지 소녀를 떠올리고 싶어서 들고 간 건지….
그렇군요….

편집장님은 위약금 없이 계약을 해지시켜주셨고,
나 또한 출판사에 계속 다닐 수 있었다.
그리고 웨인 작가님의 책 표지엔 아무것도 그려져 있지 않은 캔버스가 들어갔다.

난 결국 작가의 꿈을 포기했다.
작가님, 잘 알죠~.
글 쓰는 게 얼마나 고되고 힘든데요. 그럼요!

윈터와의 이야기는 나만 간직하고 싶기도 했고 출판사 일이 생각보다 즐거웠기 때문이었다.
그냥 막 써지는 게 아니죠!

그러니까 제가 일주일 더 기간을 드릴 테니, 글 생각은 일단 싹 접고 푹 쉬신 후 살짝 마무리만 해주세요.
글을 쓰며 고생한 경험 때문인지 담당자로 나를 지목하는 작가들도 많아졌다.

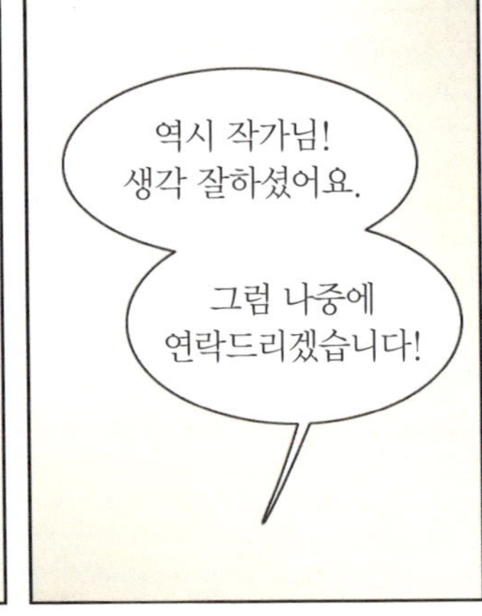

역시 작가님! 생각 잘하셨어요.
그럼 나중에 연락드리겠습니다!

나 왔어!
싱글벙글~

로이~~.

로이는 평범한 앵무새로
돌아간 것처럼 보였지만
무엇이든 배우는 속도가
굉장히 빨랐다.

코딱지 왔어?
그리고 무의식중에
기억하는 것인지
내 이름보단 코딱지란
단어를 더 좋아했다.

코딱지~.
반가워!

그놈의
코딱지!!
지금은
'반갑다'가 아니라
'어서 와!'라고
해야지.
난 항상
네가 반가워.
볼 때마다
반가워.

죽음을 두려워하지 않았고,

미완성이라며 슬퍼하지도 않았으며,

자신이 사람이 아닌 새의 몸을 가졌다는 현실에 좌절하지도 않았다.

로이.
내가 밖을
볼 때마다 어떻게
하라고 했지?

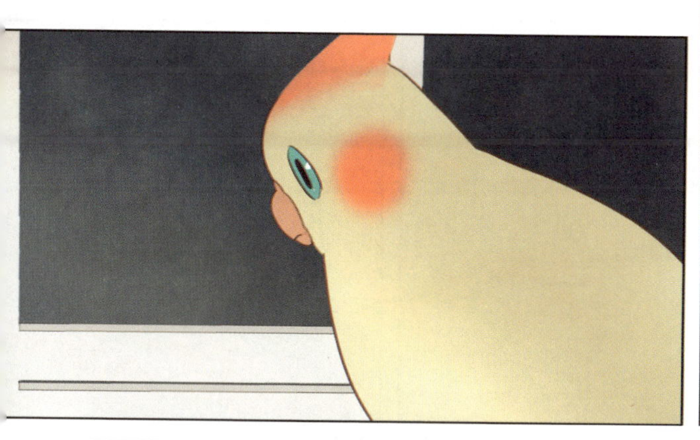

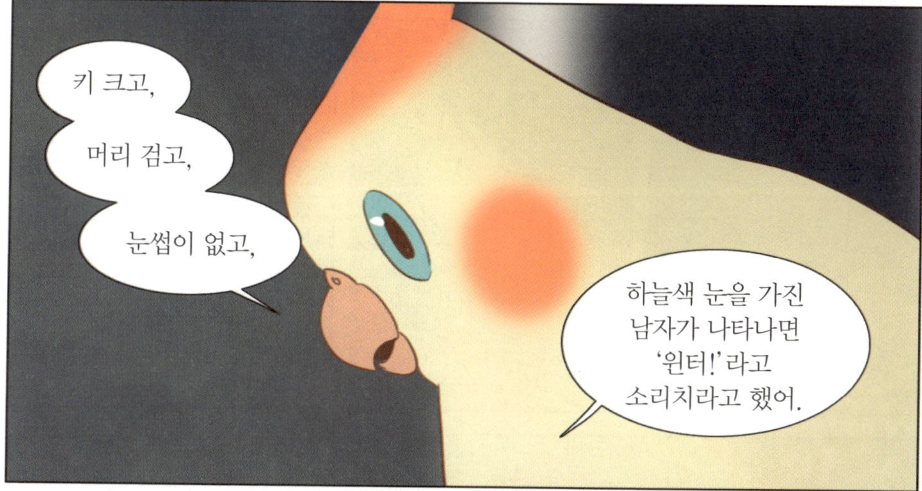

키 크고,
머리 검고,
눈썹이 없고,
하늘색 눈을 가진
남자가 나타나면
'윈터!'라고
소리치라고 했어.

잘 기억하고 있네.
혹시
오늘은 그런 남자가
지나가진 않았어?

아니, 없었어.
코딱지 같은 애들만 하루 종일 소리치며 놀았어.

진짜 너무 시끄러워.

원래 애들은 그렇게 크는 거야.

……

내일 쉬니까 오래간만에 푹 자야겠다.

푸드덕

원터가
떠나던 날 나는—

원터가 없는 세상을
제대로 살아갈
자신이 없었다.

하지만

어느샌가
살아가고 있었다.

생각보다 잘
살아가고 있다.

보고 싶어….

보고 싶어.
윈터.
꿈같은
생각일지도 모르지만
내일 눈을 떴을 때,

마법처럼.
기적처럼.
네가 내 눈앞에
있었으면 좋겠어.

달그락

???

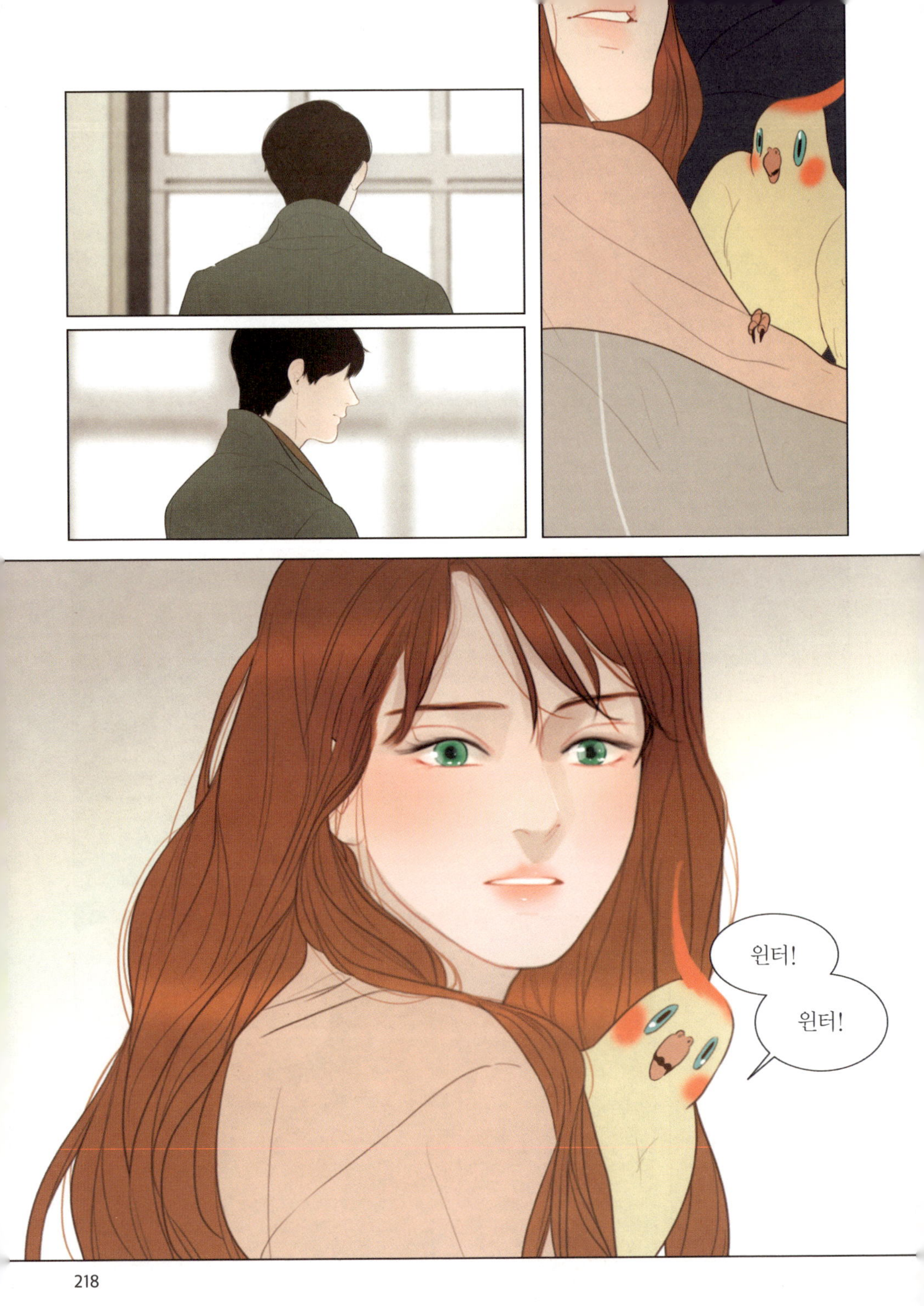

윈터!
윈터!

윈…터?

제인.

원―

윈터―.

삐끗―
윈―

…!!
으악!!!

푸옥…

으…
뚝
뚝…

잘 지내고
있었네요.
로이랑 같이.

푸득
이거 꿈
아니지?

근데
너 윈터 맞아?
눈썹이….
왠지 자연스럽게
안착
저 윈터 맞아요.
눈썹이 조금씩 자라더니
생겨났어요.

보고 싶었어요.

Winter
Woods

Winter
Woods

Part 53
/
epilogue(1)

독일, 퓌센의 깊은 숲속
그날 우린
안개 숲을 떠나

나와 윈터가
만들어진 곳,
주인님과 함께
살았던 숲으로
돌아왔다.

이곳에서
나와 아도라는
새로운 삶을
살아갈 것이다.

그리고

내 생각대로라면
주인님이 남겼던
이것으로

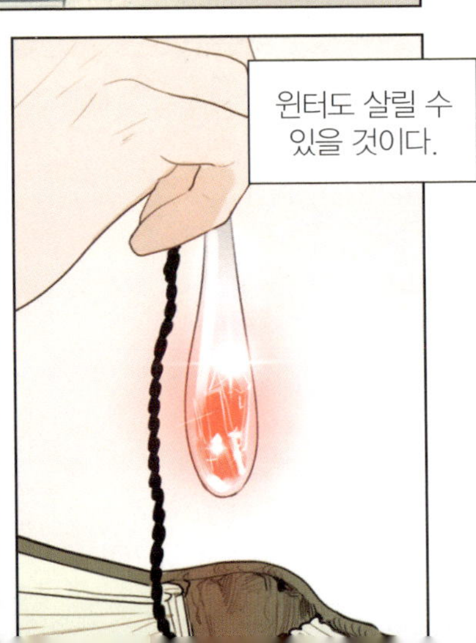

윈터도 살릴 수
있을 것이다.

윈터.

이걸로 널
치료할 수 있을 거야,
시간이 얼마나
걸릴진 알 수 없지만.

당신은요?

너무 작은 조각이어서
나까진 힘들어.
그리고 넌 이미
확실한 성공작이지만
난… 아마 아닐 거야.

그렇다면
당신은 언제나….

그게 내가
그간 저질러온 일에 대한
벌이 아닐까 싶어.

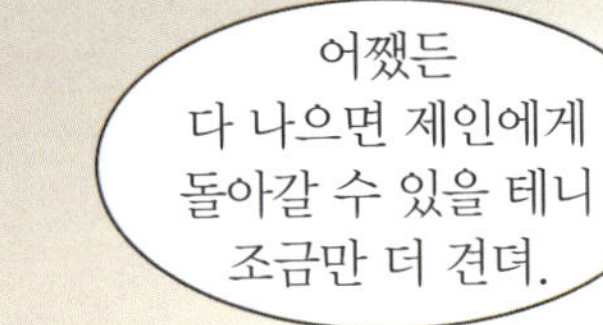

어쨌든
다 나으면 제인에게
돌아갈 수 있을 테니
조금만 더 견뎌.

조에, 이제
봄이 오나 봐.

바람이
포근해졌어.

응.

제인 씨와
로이는 잘
지내고 있을까?

그럴 거야.

내가
그렇게 좋아?

화악~

물론이지.

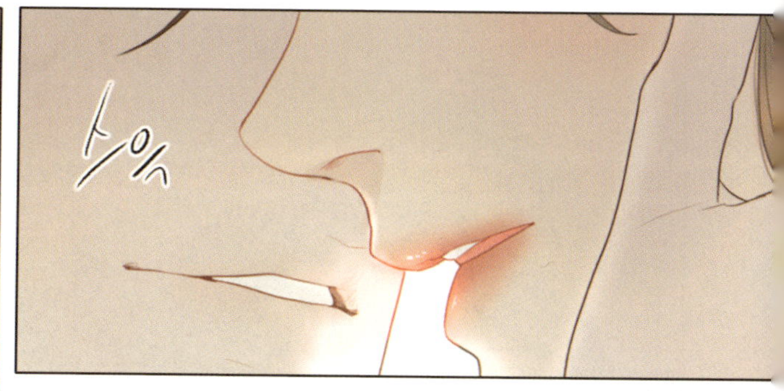

스읍

빨칵—!!
!!!!!

조에! 아도라!
이것 봐요!
나 눈썹이
났어요!

정말요?

눈썹이
났다니까요?
다시 조금씩
건강을 되찾은 윈터는
하루가 다르게 느껴지는
자신의 변화를 매일매일
우리에게 보고해댔다.

윈터,
축하해요~!!
하...
그건 매우
짜증 나는 일이
아닐 수 없었다.

오붓~
아도라! 조에!
이거 봐요!!

짠!
꿰맨 자국도 점점
없어지고 있어요!

꺼져.
정말요?!
와~
……

알콩♡
조에! 아도라!!
이거 봐요!!
달콩♡
울러
덩
조에, 향기가
너무 좋아~!

요기가 그러니
까 이렇게~
좋았었짱았~

……
꺼지라고….

이거 봐요!!
아도라! 조에!
제발 좀…
꺼져줘.
…….

아도라~.
조에~.
윈터!

너 이제 돌아갈 때가
되지 않았나?
제인
안 보고 싶어?

당연히
보고 싶죠.
너무너무….
다중인격인
건가.
제인도 내 생각
하고 있겠죠?

그럼
가면 되지.
그래.
이제 그만 이 집에서
사라져줘야겠어.

준비 다 했어요.

훌쩍-
윈터, 제인 씨에게 가는 건 기쁜 일인데 좀 아쉬워요.

아니, 난 너무 좋아.
펑
온
아주 아주 좋아!!!!

그나저나 그 꼴로 가게?
네. 제 옷은 이것밖에 없어요.

그래도 오랜만에 가는 건데 좀 차려 입어야지, 따라와.
우와~. 이거 저 주는 거예요?
가져. 완쾌된 기념 선물이야.

아, 그리고
돈 없잖아.
자, 여기.
그럼…
이 돈 나중에
갚아도 돼요?
됐어, 됐어.
이것도 선물이니까
안 갚아도 돼.

콜린이 만들어준
신분증과 여권은
걸리지 않을 테니까
안심하고.
넌 이제
그 신분증처럼
사람이 되어
사는 거야.
제인과
함께.
내가
알려준 대로 가.

제인이 절 보면
깜짝 놀라겠죠?

돌아가서 제인과 로이와 하고 싶었던 일들 다 하길 바라요.
씨앗도 꼭 심고.
놀라겠지. 그리고 기뻐할 거야.
그러니까 빨리 가.

네, 잘 지내요.
아도라도. 조에도.

윈터 이동 중
비행기 타고.

버스 타고.

택시 타고.

걸어서.

아, 심장이 튀어나올 것 같아!
콩닥
콩닥

두근...
두근
두근

205
두근
두근 ...

제인이 안에 있을까? 자고 있겠지? 그동안 잘 지냈으려나?
제인이 눈을 뜨면 뭐라고 인사해야 할까? 로이한테는? 로이는 날 알아볼까?
안에 두 사람이 없으면 어쩌지? 그동안 다른 곳으로 갔을 수도 있잖아.
아니 그것보다 제인이 날 보고 기뻐는 할까?
긴 시간 동안 마음이 바뀌었을 수도 있지 않을까? 아냐, 기뻐할 거야. 그럴 거야.
중얼중얼
횡설수설

으아아아아~!
힝
힝

제인은 더
아름다워졌겠지?
로이도
잘 있을 거야.
만나서 꼭
끌어안고 싶어.

철컥!

끼이이一

새근一
새근一

살짝

제인.
로이.

저 왔어요.

조금 이따
다시 만나요.

Winter
Woods

Part 54
/
epilogue(2)

네 네,
그럼 이번 달 말에는
가능하신 거죠?

그때쯤 다시
전화드릴게요.

조금만
더 힘내세요,
작가님!
네~!

이번에도
잘될 것 같고~.
제인 씨.

혹시…
작가님께서
아무 말도
안 해?
아, 네.
아직은 없어요.

제인 씨, 내일이 마감일이야.
내일 원고 안 들어오면
우리 끝장나는 거 알지?
내, 내일
줄 거예요.

왜 매번
이맘때쯤이면
항상 이러시는
거지?
딱
이러다가
안 주시면…!
꽈
악

아… 상상도
하기 싫어.
완전 큰일이야.
또 저러시네~.
하하아….

아무래도
제인 씨가 직접 가서
상황을 좀 보고 와.
아니다! 아예 그냥
거기서 퇴근하는 게 좋겠네!
작가님이 제인 씨 말이라면
아주 잘 듣잖아! 응?
내일 꼭 줄 거예요.
한 번도 펑크 낸 적
없잖아요~.

그리고 매번 이렇게
찾아가는 것도 그렇고…
저는 할 일도
있는데다가….
당
황

그. 러. 니. 까!!!
펑크를 낸 적이 없는
그 작가님이!

무슨 일이 생겼을지
혹시 모르잖아! 응?!
언제나 마감 전에
원고를 척척 주시던
그 작가님이
왜 이러시냐고!

만약에,
아주 만약에
일이 잘못되면
우리의
손해가…!!!!!
제인 씨도
잘 알겠지만,
기다리는 독자 수가
얼만지 잘 알고
있잖아.

…어마어마하게
크겠죠….
제 녑…
저…
그래!
이번에도 제인 씨에게
우리 회사의 명운이
달렸어!
원고 받아올 때까지
회사로 돌아오지 마!

내일까지 작가님께
원고 꼭 받아 와!

훗~

덜컥
…!!!

오셨네요?
이번에도 왔네~
코딱지는
맨날 낚여~.
짜
잔

외락♡
이보세요, 작가님?! 매번 이런 식으로 저를 불러내셔야겠어요?
이렇게라도 해야 제인이 시간을 내죠.
시간은 주말에도 있잖아.
재작년에 주말 믿고 기다렸다가 못 갈 뻔했잖아요!

전 꼭 이때 가고 싶다고요!
원터가 돌아온 지도 벌써 삼 년.
그간 원터는 봄만 되면 소풍을 빠지지 않고 꼭 갔다.

제인 올 때까지 기다리고 있었어요. 가요!
잠깐! 그럼 원고는?
다녀와서 작업하면 딱 맞아요.

확실하지?
네!
어휴~
그래. 가자, 가~.

윈터와 함께한 삼 년간.

드라마틱한 일이 가득했다.

윈터는 하고 싶은 게 있다며 내가 썼던 동화 원고를 자기가 가져도 되냐고 물었다.
forest big tree

나는 어차피 구석에 처박아두려 했던 원고였기에 흔쾌히 허락했고,

윈터는 그 원고에 자신의 경험까지 더해 새로운 동화를 만들었다.
제인, 다 했는데 한번 봐주실래요?
오~

여기에 네가 삽화까지 그려서 동화책을 내고 싶다는 거지?
긴장
차륵
…네….

난 마음에 드는데?
와-
저, 정말요?

사실 그냥 마음에 드는
수준이 아니었다.
Best seller

윈터의 작품은
동화책임에도 불구하고
성인들에게까지 인기가 많았고,
정말 말 그대로
불티나게 팔렸다.

덕분에 출판사의
몸집도 커졌으며,
제인 씨가
우리 회사
복덩이야!

내가 모은 돈으로는
턱도 없었던 할머니의
집마저 예상보다 훨씬
빨리 살 수 있었다.
윈터,
정말 고마워.

으응음!
너 오늘 좀 차려입었다?
왜요?

멋있어요?
웨엑

잘 보여야 해서요.

누구한테?

싱긋

아 씨….
저놈 저거 눈썹이
생긴 이후로 완전
사기 캐릭터가
돼버렸어.
샤 방~

매년
소풍이라고 해서
딱히 뭔가를
거창하게 하는 건
없다.
우선 스미스 씨와
래리 씨가 운영하는
꽃집에서 꽃을 사고,

할머니에게 간다.
할머니, 손녀가 자주 오니까 좋죠?

그리곤 그간 있었던 이야기를 하며 웃고 떠들다 온다.
그래서 그때 제인이~.
푸악~

이제 가자.
벌써 두 시간이나 있었어.

제인 먼저
가고 계세요.
전 드릴 말씀이
조금 더 있어서….

뭔데 그래?

비밀이에요.

…….
헤헤~

도대체
뭐야…?

좋은 걸
거야.
???

힐끔
…좋은 거?

할머니께 갔다 온 뒤엔
꼭 이 안개 숲에서
산책을 한다.

원터가 없던
긴 시간 동안
이 숲도 많이 변했다.

시에서 개발을 해서
안개꽃 공원을
만든 것이다.

원터는 떠나던 날
이 자리에서 큰 나무를
봤다고 한다. 동화 속처럼
큰 웅덩이도 있었다고….

하지만 실제론
아무것도 없었다.

원터가 이곳에
돌아왔을 때,
적잖이 충격을 받은
모습을 보였었다.

있을 거라
굳게 믿었던
나무가 없으니까.

그러나 원터는 곧 여기에
할머니의 씨앗을 심으면
되겠다며 웃었다.

우린 씨앗을 땅에 심기 전 어느 정도 클 때까지 화분에 키우다 심으려 계획했는데….
어떤 일인지 씨앗에선 싹이 돋아나지 않았다.

여기에 씨앗을 심고 싶었는데….
윈터는 그 씨앗의 생명력을 자신이 가져간 것이라 여기고 아직까지도 죄책감에 시달리고 있다.

우리에게 의미가 컸던 그 씨앗은 여전히 화분에 심어진 채 우리 집 창가에 놓여 있다.
쓰담 쓰담
그 씨앗은 처음부터 그랬던 걸 거야.

조에와 아도라에게서
편지가 올 수도 있다며
예전에 살던 집에 들르는 것으로
우리의 소풍은 마무리된다.

편지 왔어?

시우룩...
아뇨.

삐죽
삐죽...
날 잊어버렸나
봐요.
에이~ 무슨!
원래 무소식이
희소식이라잖아.

우리 이제
집으로 갈까?
네….

아무리 동화 속 인물의 모델이 나라지만 이제는 안 보고도 그릴 수 있지 않나?

안 돼요. 전 눈으로 꼭 봐야 해요.

…아무튼 이것만 하면 마감할 수 있다는 거지?

물론이죠.

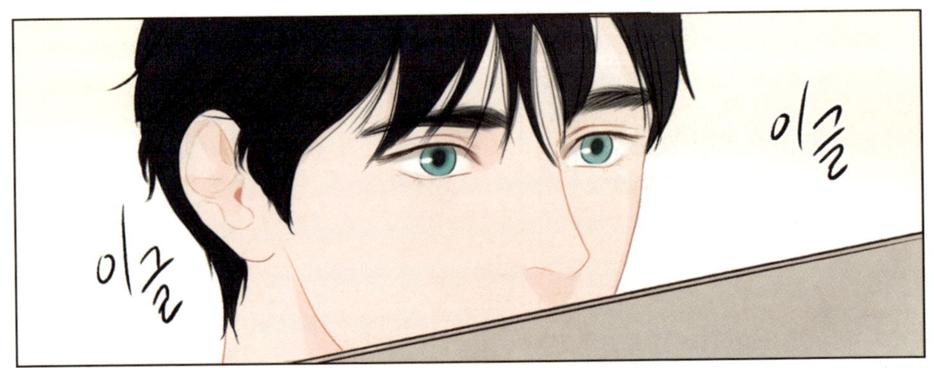

이글
이글

아직
멀었어~?

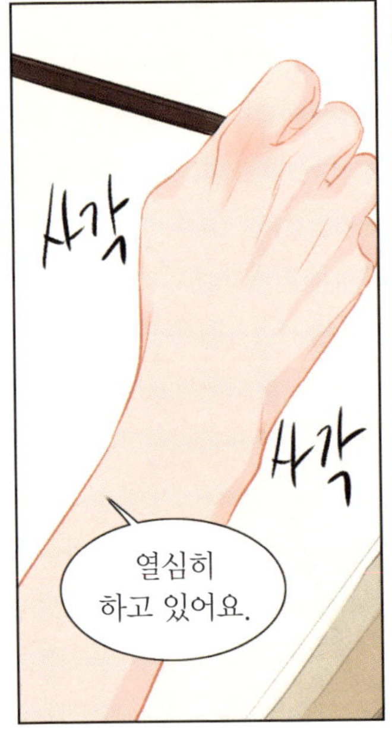

사각
사각
열심히
하고 있어요.

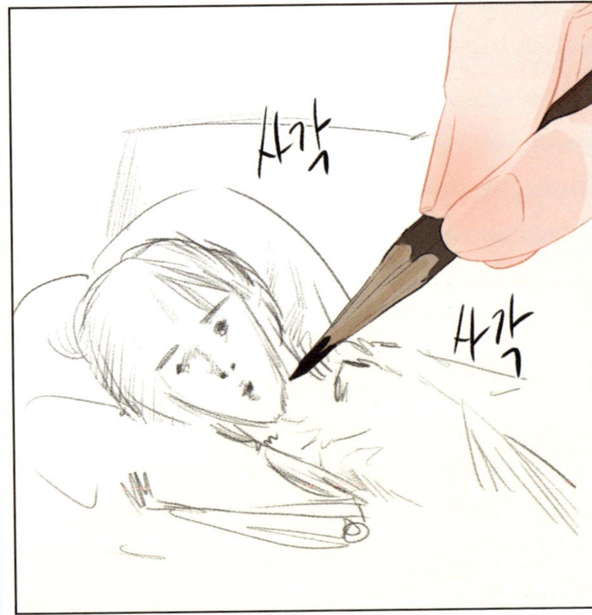

사각
사각

……?

그렇게 쳐다보니까
쑥스럽잖아~
쑥스

……?????????
놀고 있네????????

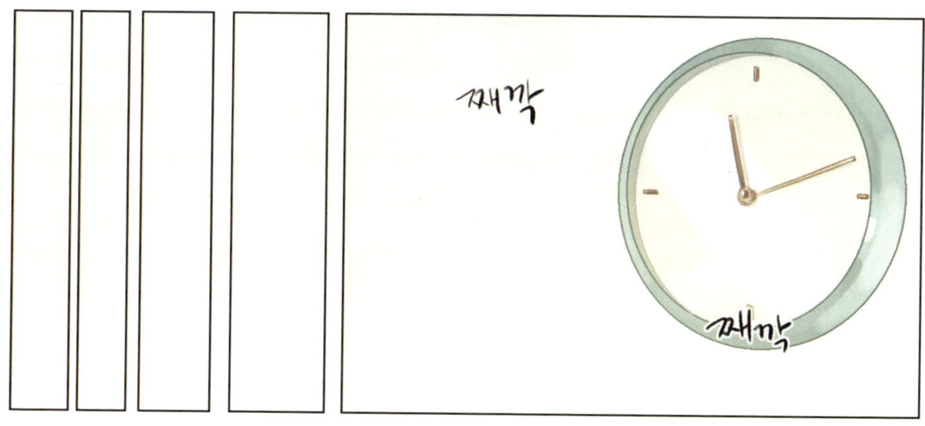

째깍
째깍

새근
새근..

제인.

들어가서
자야죠.
쪽-
…아.

깜빡
잠들었나 봐.
다 그렸어?
네.

그럼 이제
자러 가자.

히히
대룡
대룡

부시시-

원고!!

아~
다행이다.
흐흐~

…?!

I want to draw jane forever in the future.
No matter how time passes, no matter how you cha

'제인의 모습을 앞으로 영원히 그리고 싶어요.
시간이 얼마나 흐르든, 당신이 어떻게 변하든.'

'그럴 수 있도록
허락해주실래요?'

툭 ~

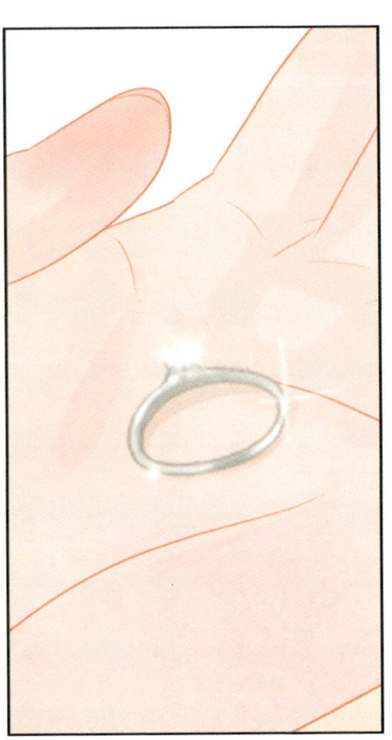

내가
정말 미치겠다.

땅이 있었다.

그 땅은 언제나
겨울이었다.

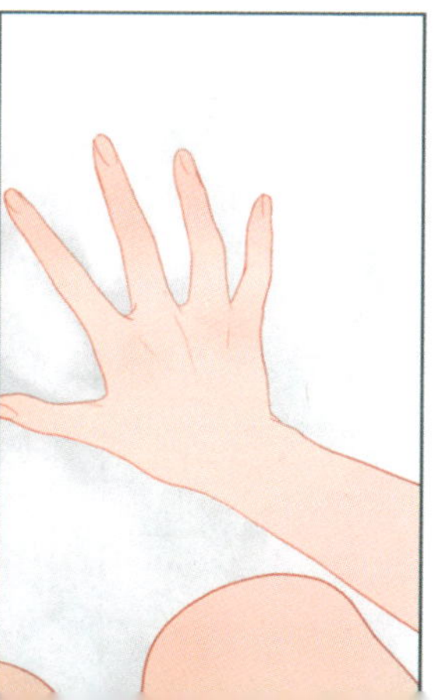

오히려 따뜻했다.

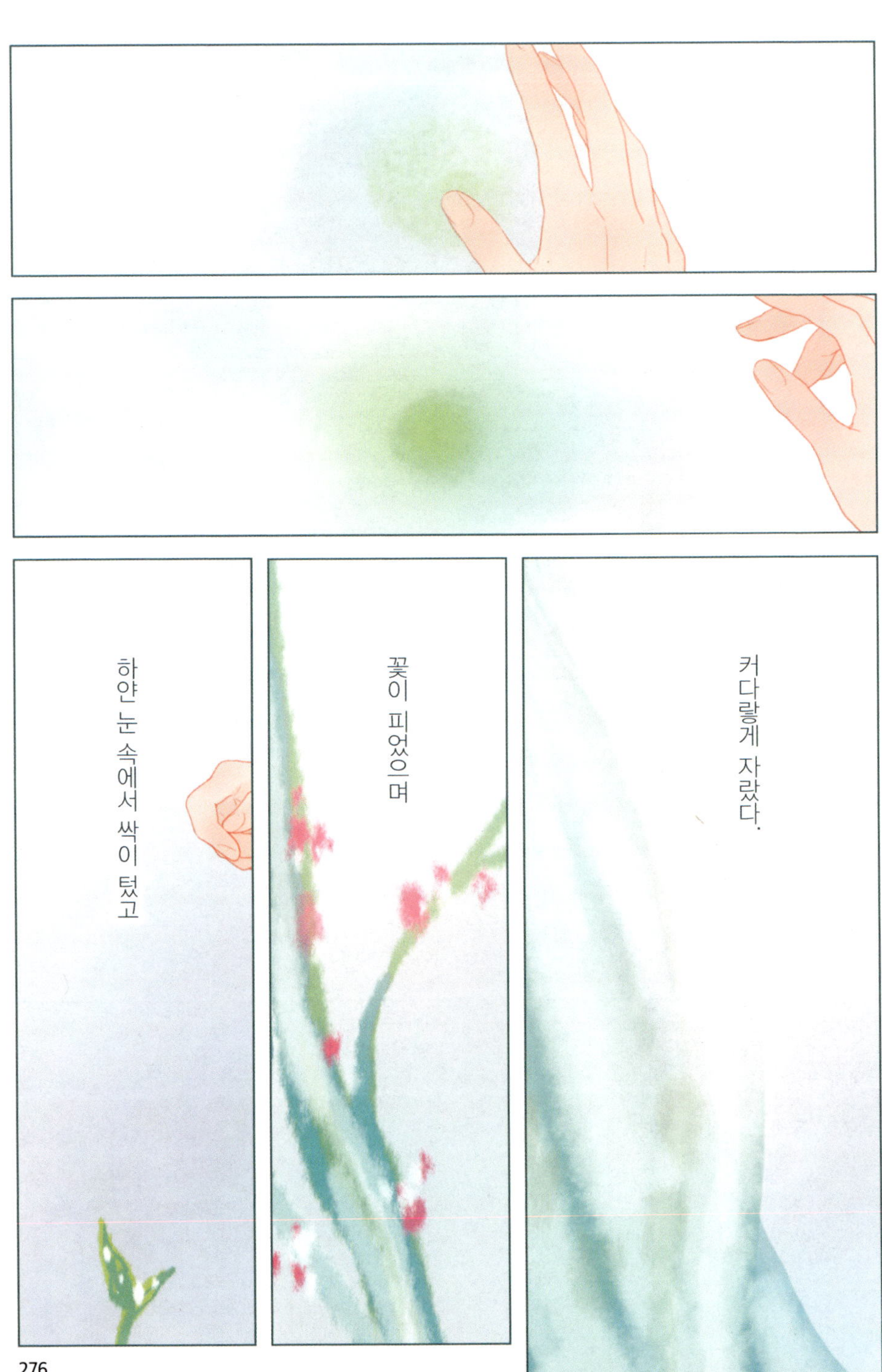
하얀 눈 속에서 싹이 텄고
꽃이 피었으며
커다랗게 자랐다.

하야면서 푸르른 숲이었다.

겨울이면서 봄이었다.
고요하면서
시끌벅적했다.
희고 깨끗한
그 겨울 숲은
모든 살아있음의
응축물,

실로 아름다운 씨앗이었다.
〈윈터우즈〉 마침.

윈터우즈 7

1판 1쇄 발행 2018년 7월 24일
1판 4쇄 발행 2022년 5월 6일

글 Cosmos **그림** 반지
펴낸이 김영곤 **펴낸곳** ㈜북이십일 아르테팝
웹콘텐츠팀 장현주 김가람 강혜인
마케팅2팀 나은경 정유진 박보미 백다희 **해외기획팀** 최연순 이윤정
영업본부장 민안기 **출판영업팀** 이광호 최명열
제작팀 이영민 권경민

출판등록 2000년 5월 6일 제406-2003-061호
주소 (우-10881) 경기도 파주시 회동길 201(문발동)
대표전화 031-955-2100 **팩스** 031-955-2151 **이메일** book21@book21.co.kr

(주)북이십일 경계를 허무는 콘텐츠 리더
북이십일과 함께하는 팟캐스트 '책 , 이게 뭐라고'
아르테팝 채널에서 도서 정보와 다양한 영상자료 , 이벤트를 만나세요 !
페이스북 facebook.com/21artepop   포스트 post.naver.com/artepop
인스타그램 instagram.com/21artepop 홈페이지 rte.book21.com

ISBN 978-89-509-7623-1 04810
책값은 뒤표지에 있습니다.

본문 디자인 손봄